自閉症の息子が自立して生きる道

著者　翔ちゃんねる-Fucoママ
（渡部房子）
監修　河島淳子（トモニ療育センター）

KADOKAWA

はじめに

息子の翔太には何か障害があるのかもしれないと思い始めてから2年。息子が3歳になった頃、やっと障害があると認め受け入れ、「私が育てる」と覚悟できました。

でも、本当の意味で息子と向き合えたのは、彼が7歳のときです。

分岐点は、河島淳子先生が所長を務めるトモニ療育センターで息子が受けた発達検査でした。自分の思いどおりにならないと大騒ぎする翔太を見て、河島先生から指摘されたのは、「こんな状態で知識だけつけても役に立ちません。むしろ邪魔です」。

打ちのめされた私でしたが、その爆弾指摘が分岐点となって軌道修正できたのです。

「オールマイティにならなくていい。息子専属の指導者として専門家になりなさい」

トモニ療育センターは、母親が指導者になるための母親教育を主とした療育センターだったのです。「育て方は教えます。やるのはあなたです」と叱咤激励され、母親教育を受けながら自閉症（現在の自閉スペクトラム症）の息子の療育を始めました。

目標は12年後、学校卒業後の息子の姿です。毎日毎日、家庭生活記録を書き続け、年に一度は1年間を振り返って翌年の課題を探るためにレポートにまとめてきました。毎日の記録は小学校、中学校の9年分。1年のまとめレポートは高校卒業までの12年分あります。

いつだったか、「あなたの記録は自閉症の子育てをしているお母さんの役に立ちます」と、河島先生が言ってくださったことを思い出しました。そんな経緯があり、私がやってきた子育てをＹｏｕＴｕｂｅで発信してみようと思い立ち、２０２２年９月に「翔ちゃんねる‐Ｆｕｃｏママ」を開設。「元気をもらえた」「勇気が出た」などのコメントをいただくこともあり、ＹｏｕＴｕｂｅを始めてよかったと思いました。

そして、２０２４年夏、出版のお話が。思いもよらぬことだったので迷ったのですが、私のやってきたことが誰かの役に立つのならと思い立ち、今回の運びとなりました。

どんなに優れた指導者であろうと息子と一生関わってくれることはありませんが、親なら一貫して息子の人生に関わり続けることができます。

この場を借りて、私を息子専属の指導者に育ててくださった河島淳子先生、高橋知恵子先生に感謝いたします。

翔ちゃんねる‐Ｆｕｃｏママ（渡部房子）

自閉症の子を自立した青年に育てるために

多動で悩まされた幼少期でしたが、
トモニ療育センターの河島先生と出会い、親子でともに成長し、
翔太は自立した生活が送れる青年になりました。

自閉症の息子の
生きていく力を育てるためには

“心を育てる”

ことが大切でした

だから…

知識や能力があっても、心が育っていなければ

その知識や能力を使って生きていく

のは難しい

幼少期の翔太は自分勝手で、気に入らないことにはわめきちらすような状態でした。この状態のままでは、外の社会で受け入れてもらうことはできないと思いました。

そして、翔太には、生きていく力となる心を育てる必要があると思ったのです。翔太を指導しながら、その抵抗と戦っていると、彼に必要な心が見えてきました。

翔太に足りない心を育てようと取り組んだことで、実際にはもっといろいろなことを体得できたと思います。

Fucoママが息子に
足りないと感じた心は4つ

1 忍耐力

大人になって仕事をするようになると、好きなことだけやるわけにはいきません。でも、7歳の頃の翔太は思いどおりにならないと癇癪を起こし、わがままを通そうという状態でした。

可能な限り生きる力をつけるために、我慢することが苦手な翔太に、忍耐力をつけさせたいと思いました。

→詳しい取り組みは52ページへ

2 達成感

当時の翔太は苦手なことが多く、嫌いなことはしないので、何かに興味を持って集中することがなく、達成感など程遠いものでした。

そんな翔太に頑張った結果の達成感を得させたいと思い、できないことや苦手なことに挑戦させました。これは同時に忍耐力も育てられたと思います。

→詳しい取り組みは52ページへ

3 恥ずかしい気持ち

幼少期の翔太は、障害児の通園施設でも周囲のことなど気にせず、ズボンやパンツを教室に脱ぎ捨ててトイレに行くような状態でした。

人に嫌がられない最低限のマナーとして、恥ずかしいという気持ちを育てる必要があると思ったので、子ども部屋にコーナーを作り、そこで着替えさせるなど羞恥心を意識して教えました。

4 気遣いや思いやり

人に好かれる人に育ってほしいと思っていたので、気遣いや思いやりの心も育てたいと思いました。

でも、自閉症の人は他人の気持ちを察することができないと言われていたので、女優になったつもりで泣いたり笑ったり、褒めたり怒ったり、喜んだり悲しんだりなど感情表現をオーバーにしながら、彼に接するようにしました。

introduction

自閉症のお子さんを育てている
ご家庭の方へ

10カ月健診の日まで、息子に障害があるなんて疑うこともありませんでした。でも、健診で保健師さんに「ちょっと気になりますね」と言われてから、気になることがどんどん増え、不安で押しつぶされそうな毎日が始まりました。

今の私なら、「大丈夫、ちゃんと育つから」と言えるのですが、あの頃の私は誰に何を言われても、どんな言葉も不安を消すことはできませんでした。

ただ、不安は消えなくても、むしろ不安でたまらなかったからこそ、誰かに打ち明けて話を聞いてもらうことは必要でした。

今も当時の私と同じように悩み、不安で押しつぶされそうになっているお母さんがいると思います。その不安はみんながぶつかる壁だから、しっかり悩んでいい。

でも、ひとりで抱え込まず、誰かを頼りながら乗り越えてほしいと心から願っています。

Fucoママ

翔太の歩み

子どもがどんな大人になるかイメージできない…
と不安なお母さんたちの参考になるといいな、の思いを込めて
翔太の36年の成長記録をご紹介します。

0歳　誕生　1988年6月

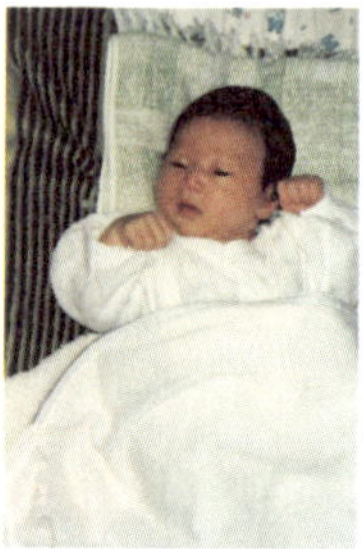

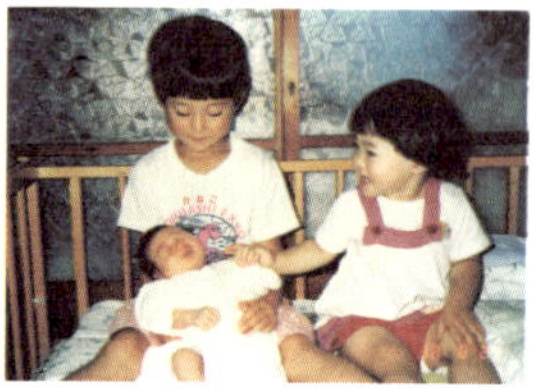

生後9日、自宅にて。長女・可奈子（左）と次女・江里子（右）も弟の誕生が嬉しくてたまらない様子。

6歳　小学校入学（特殊学級へ）　1995年4月

小学校入学式の日、自宅の庭にて。気をつけの姿勢で撮っていたのに、足がかゆくなったのか我慢できずにポリポリ。子どもらしい仕草が可愛くてパチリ。

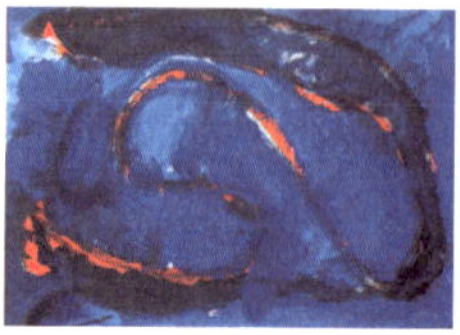

小学校のマラソン大会を描いた絵。赤で描かれたのがマラソンコース。私（Fucoママ）は、絵を見て初めて、翔太が途中で水路に落ちたことを知りました（178ページ参照）。

7歳　トモニ療育センター入会　1995年6月

セッションは毎回、高橋先生が担当してくださいました。その様子を私は横から見ながら、河島先生に翔太の「指導の仕方」を指導されていました。

トモニ療育センターでの学びをもとにFucoママが自宅学習でもひと工夫！

左／日常生活の1日のスケジュール表。右／課題学習時のスケジュール表。翔太の不安を軽減させるために作成。どちらも予定を終えたらカードを裏返します（60ページ参照）。

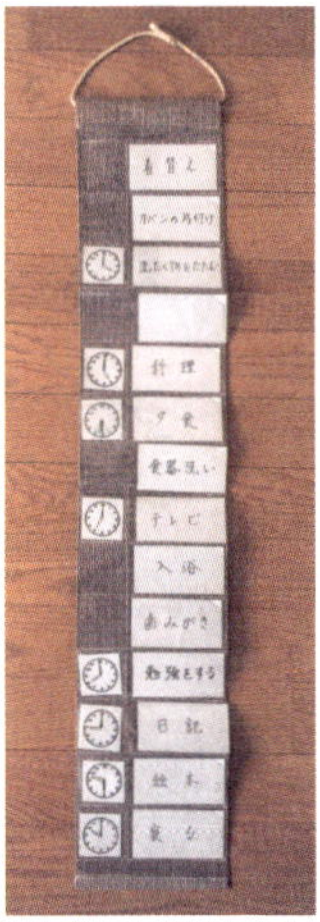

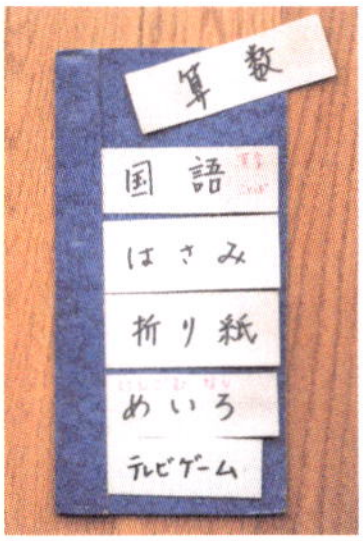

下校訓練で利用した写真カード。通学路を帰る方向から各所で写真に撮り、下に「ここまで帰る」と文字入れ。ラミネート加工して穴を開け、リングでランドセルに（70ページ参照）。

12歳　中学校入学（普通学級へ）　2001年

左／中学校入学式の日。あどけなさはまだ少し残るものの、詰め襟の学生服が似合う少年に。
右／自画像。中2の立春の日に中学で行われる「少年式」に向けて描いたもの。

15歳　養護学校高等部入学　2004年

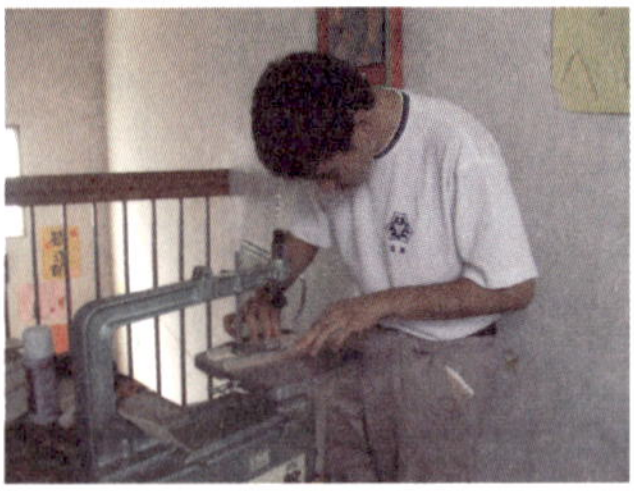

2年生の文化祭にて。木工班の展示即売会で糸ノコを実演。1年のときに見知らぬおじさんから「職人やなぁ」と言われ、卒業する頃には「糸ノコ名人」と呼ばれるように。

2006年12月、松山市のヨンデンギャラリーで開かれた養護学校主催の美術展にて。1年生のとき描いた『秋風』（右）と、3年生のとき描いた『誕生』（左）の前で。

18歳　一般企業へ就職　2007年

2018年、スペシャルオリンピックス日本夏季ナショナルゲーム・愛知にバドミントンで参加。銀メダルをいただいた帰りの電車内で。いい笑顔です。

2007年10月、松山市の道後公園で開催されたイベントで、師匠とともに竹工芸の実演販売。翔太の担当はクワガタ、スズムシ、カブトムシなど。

34歳　母とともにYouTubeスタート　2022年

2023年にチャンネル登録者数10万人達成！

ご報告と感謝のYouTubeからのスクショ。動画は2台のスマホで2か所から撮影しています。翔太の日常動画と療育の話などが、お役に立っているのなら嬉しいです。これからも翔太と続けていきたいと思います。

第1章

自閉症と診断されるまで
——そういえば姉たちと違っていたこと

contents

第2章

野生動物みたいだった翔太と格闘した日々

第3章
我慢強くなりパニックとは無縁に

第5章

一番輝けた養護学校高等部の3年間

第6章

一般企業に就職し 家族とともに楽しく暮らす

Staff

デザイン／白畠かおり
撮影／国貞 誠
イラスト／秋葉 あきこ
DTP／キャップス
校正／麦秋アートセンター
編集協力／岸田直子

第1章

自閉症と診断されるまで

——そういえば姉たちと違っていたこと

視線も合うし後追いもする、ごく普通の赤ちゃん

翔太が生まれたのは１９８８年6月15日。妊娠40週、正常分娩でした。体重３５４0グラム、身長48・８センチ。

6歳違いの姉・可奈子、２歳違いの姉・江里子につぐ、末っ子長男の誕生に家族はみんな大喜び。特に、同居していた義父が、初めての男の子に「跡継ぎができた！」と言って喜んでくれました。

名前は、夫と私が好きな字であったことから「翔」の字を選び、太く翔べという願いを込めて「翔太」と命名。

その願いどおりすくすくと育ち、首がすわったのは生後1カ月と15日。あやすと笑ったり、見えない所から声をかけると顔を向けたりしていました。

寝返り4カ月、お座り5カ月、ハイハイ7カ月と、上の姉たちよりも早い成長ぶりで、やっぱり男の子だからかなと感心したほどです。

授乳は哺乳瓶の乳首を嫌がって口から出してしまうので、粉ミルクは使えず母乳だけ。授乳中は私の目をしっかり見つめていました。

この完全母乳のせいか、私から離れようとせず、よく泣き、音に敏感ですぐに起きてしまう赤ちゃんでした。

当時、家業を手伝っていた私は産後1カ月で仕事に復帰し、昼間は義母に翔太を見てもらっていたのですが、とにかく後追いがひどいので（トイレにも抱っこして行っていたくらい）義母も私も困ってしまい……。6カ月くらいの頃、『となりのトトロ』のビデオを見せたら、1時間以上じーっとお座りしておとなしく見てくれていたのには大助かり。その後もしばしばビデオの力を借りたりしていました。

伝い歩きをしたのは生後9カ月。その頃の母子手帳には「人見知りをして、音にも反応する」と書いてあります。人見知りについてはどんな状況だったのかよく覚えていませんが、姉たちが弾くピアノの音が聞こえると「うーうー」と歌うような感じで声を出していたことは覚えています。

体の発育が早く順調に育っていたので、言葉が出ないことが気になるくらいで、それも個人差だろうと心配なことなどありませんでした。

「ちょっと気になりますね」保健師さんの一言

翔太には何か障害があるのかもしれない――。

それまで微塵もなかった不安が私の中に芽生えたきっかけは、10カ月健診で保健師さんに言われた言葉でした。

「名前を呼んでも知らんぷりなのが、ちょっと気になりますね。でも、個人差がありますから」

ボソッとつぶやくように言われただけでしたが、

「えっ、この子どこかおかしいの?」

不安になった私は、息子の様子がことごとく気になり始めました。

そして、1歳を過ぎた頃、保育士をしていた親戚から「自閉症の子とよく似ている」と言われたことで、初めて「自閉症」という障害を知ったのです。

でも、当時の私は自閉症についてまったくの無知でした。

本を探して読みあさり、書かれている自閉症の症状に翔太を照らし合わせては、ひとつでもあてはまらないことがあれば「自閉症じゃないよね」と自分に言い聞かせ、翌日になると「もしかしたら……」と読み返す、そんな日々の繰り返し。

母子手帳の「～しますか」「～できますか」という質問事項にも「いいえ」とつけることが多くなっていました。

言葉が出てこない
喃語《なんご》（「んまんま」など赤ちゃんが発する特有の言葉）もなかった
視線が合わない、合わせようとしない
指差ししない
指差しした方向を見ない
聞こえていないかのように、名前を呼んでも振り向かない
バイバイ、バンザイなどの動作を真似しようとしない

こんな状態のまま1歳6カ月になってもたいした変わりはなく、どうしてだろうと不安は膨らむ一方でした。

あやしても喜ばない、相手をしても遊ぼうとしない。声をかけても反応しない。

でも、翔太に障害があるなんて受け入れることはできません。

どこに相談していいかもわからず、ただただ1歳6カ月健診を待っていました。

そして、その健診で「言葉がない」、「指差ししない」、「呼びかけに反応しない」など発達に問題があると指摘され、二次検診を受けることに。

1歳9カ月で受けた心理判定の二次検診では、

「対人関係がよくありません。療育施設に母子通園して指導してもらったらよくなりますよ」と言われ、救われた気持ちになりました。

よかった。1年も通えばみんなに追いつくよね、と。

母子で週1回療育の通所施設へ

発達に問題があると指摘されたのはショックでしたが、一方で、療育施設に通えば息子はよくなるんだと希望が芽生え、期待と安心感で私の気持ちは軽くなりました。

その頃の翔太は、私に対する執着が一層強くなり、少しのあいだでも私の姿が見えないと、火がついたように泣き叫んでいました。最初は順調だった離乳食もいつしか食べなくなり、ふりかけご飯しか食べない偏食に。だからいつも空腹だったのでしょう。母を、というより母乳を求めて私から離れなかったのかもしれません。

睡眠も不規則で夜中まで起きていたり、少し眠っては朝方まで起きていたり。昼寝をすると寝起きが悪く、1〜2時間は泣き叫びます。

母子でまともに睡眠がとれない状態で、私は母乳が出ず、息子はそれに泣き叫ぶ。私の服を引きちぎるようにしがみつく手を押さえて、ようやく断乳することができたほどでした。

とにかく不機嫌で泣きわめいていることが多い翔太。私は不安と睡眠不足でずっとイライラしていました。

そんな状態だったので、1歳10カ月から母子で週1回、療育の通所施設に通うことに大きな期待をしていました。

そこで行われるのは、集団セラピーと月1回の個別カウンセリング。集団セラピーでは翔太は椅子に座っていられず泣きわめき、個別カウンセリングでもまだ幼くて指導は無理だからと、ほとんど私が対象でした。

その個別カウンセリングで言われたことは、

「母子関係が育っていないので、彼の要求は受け入れてやって、おんぶに抱っこでスキンシップを多くして関わるように」

えぇ、こんなにくっつき虫なのに⁉

翔太が歩き始めてからも、私から離れたがらないので、それこそずっとおんぶに抱っこで過ごしてきたのに。母子関係が育っていないとの指摘はショックでした。

でも、同じ悩みを持つお母さんたちと知り合えたことは大きな収穫でした。

お互いの悩みを話し合うくらいで解決策があるわけではなかったのですが、話を聞いてもらえる、気持ちをわかってもらえる、それが支えになりました。気持ちが少し楽になりました。

療育施設への母子通園2年目。翔太の発達の遅れはますますひどくなりました。自宅と同じ敷地内の別棟で働いていた私も仕事時間を確保したかったし、子どもがいる環境で集団生活をさせてみたら翔太も何か変わるかもしれないと期待して、2歳上の姉が通っていた保育所に預けたことがあります。

ほかの子を見て真似して成長するかもしれない、と期待したのですが、ダメでした。毎朝、私から離れることに大泣きする。給食は食べない。言葉はない。集団遊びはできない。指示が通らない。迎えに行ったら、ひとりで砂場に寝転がっている……。

ほかの子なんか目にも入っていない感じで集団生活にはなじめませんでした。

そもそも、外では靴を履く、家の中では履かない、ということがわかってきたばかりのときだったのに、保育所では上履きがある。それがわからなくて大騒ぎしたり。

結局、保育所は11カ月で退所することになりました

セミのように「みんみん」うなり続ける日々

体の発育にはまったく不安のなかった赤ちゃん時代から、私がずっと気になっていたのは、翔太に言葉が出ないことでした。

名前を呼んでも振り向かないので、耳が聞こえにくいのかもしれないと思いもしましたが、テレビの音や扉の開閉音には敏感に反応していました。

どうして？

不安が募るなか、ついに翔太が「まんま」と発したのは1歳2カ月のこと。

でも、それは、幼児が使う意味の「まんま」ではありませんでした。

まんまんまんまんまん

みんみんみんみんみん

幼児の可愛い声ではなく、念仏みたいなうなり声。まるでセミが鳴いているかのように言い続けるだけ。

「まんま」と言ったと思ったのに。あんなに聞きたかった息子の声なのに。意味もなくうなり続ける「まんまんまんみんみんみん」は半年以上も続き、それしか言わないので、正直「もうやめて」と思っていました。

そんなある日、母子通園する療育施設で知り合ったお母さんから紹介され、児童精神科医に診てもらったことがありました。2歳半くらいの頃です。

診断結果は「自閉傾向はあるけれど、まだ小さいから様子を見ましょう」。

対応策は「言葉かけを多くして、一緒に遊んであげてください」。

様子を見るってどうすればいいの？

言葉が素通りしていく子に、どうすれば言葉が届くの？

遊びにのってこない子と何をして遊ぶの？

自閉症の診断で評判の医師だったので、月1回の通院で3カ月通いましたが「様子を見ましょう」のアドバイスしかなかったので、通院はやめました。

次々と増えてきた奇妙な行動

そういえば翔太は赤ちゃんの頃から、上の2人の姉たちと違うところがありました。用水路に流れる水を食い入るように見ていたり、回転するものが好きで、自動車の車輪の回転をずっと見続けていたり。

子どもたちにも個人差はあるので、その頃は「風流な子だねぇ」「変わったものが好きだねぇ」と家族でも笑い合うくらいで、不安ではなかったのですが。

でも、2歳を過ぎた頃から奇妙な行動がたくさん出てくるようになりました。紫の花を見ると片っ端からむしり取る、ストッキングを手で触ったときの感触が好きで、ストッキングをはいている人を見ると触りたがる……。

なかでも、横目使いがちょっとおかしいと思ったのは、2歳半頃からでした。

もともとベルトとかホースのように長くてクネクネしたものが好きでしたが、細長い葉っぱやホースのようなものを手にして、自分でクネクネとクネらせながら、横目で見つめ続けるのです。

目玉をギュッと端に寄せて、少し目を細める感じで見続けていました。

楽しそうでも、面白そうでもなく、顔はむっつりとした感じでほとんど無表情。

この横目使いは、正直、異様すぎてなんとかしたかったのですが、やめさせる方法もわからなかったし、歩きながらでも横目でクネクネ行動をしていたので、危険がないように見守るくらいしかできませんでした。

爪先立ちで歩くのが気になり始めたのも、この頃です。

とはいっても2歳上の姉も時々爪先立ちをしていたので、最初の頃はあまり気にしていませんでした。

でも、翔太の場合は頻繁《ひんぱん》にやっていて、立っているときも、歩くときも、走るときも、常に爪先立ち。転びそうで転ばない、そんな状態でした。

かかとが地面につくことがなかったので、ふくらはぎはいつもカンカンに硬くて、大丈夫なのかなと心配でした。

そして、首を左右に激しく振りながら走り回る。自分も激しくグルグル回る。もともとブランコやシーソーが好きで（ひとりではできないので、私が抱っこしていました）、自転車に乗せて走ったときに風を顔に受けて気持ちよさそうにしている子でしたが、自分でグルグル回っているときは、そんな様子もありません。声をあげて笑うこともなく、無表情で回り続ける姿は異様でした。翔太はどんなに回っても、目が回らなかったのです。

場所など関係なくグルグル回って危険なときや周囲に迷惑がかかるときもあったので、これもなんとか止めたかったのですが、言葉も通じず、指示も通らないため、止めなければならないときは体を押さえて止めていました。

これらの行動は、2歳半頃から1年ほど続きました。もう翔太に障害がないなんて思えなくなり、彼の障害を受け入れ、私が育てる！　と覚悟を決めました。

息子がどこかおかしいと思い始めてから2年もかかりましたが、その間いっぱい悩んだから、強い意志で覚悟できた気がします。

翔太は3歳10カ月で障害児のための療育施設に入所し、通うようになりました。

「翔ちゃん、帰るよ!」の声かけで走り寄ってきた!

翔太に言葉が届くようになったのは、2歳4カ月頃でした。

限られた場面だけでしたが、公園や保育所の園庭で遊んでいる息子に、
大きな声で言うと、走り寄ってくるようになったのです。

「翔ちゃん、帰るよ!」

あ、通じた!

声かけに初めて振り向いてくれた瞬間は、嬉しくて嬉しくて。ガッツポーズをしたほどでした。


言葉を発するための練習が喃語だとしたら、それらしきものがまったくなかった息子は、発語のための発声練習ができていなかったのかもしれません。

言葉の遅れは、声が出せなかっただけでなく、そもそも言葉を理解できなかったたか

らではないかと思います。

名前を呼んでも知らんぷりだったのは、自分に名前があることを理解していなかったから。自分に名前があることに気づいたのも、この頃だったのでしょう。

翔太の言葉の発達はその後もゆっくりで、ある日突然喋りだすような奇跡は起こりませんでした。

2歳10カ月の頃、必要に迫られたときに甲高く絞り出すような声で「イーッ」と叫ぶことがありました。状況から考えると「行く」か「イヤ」だったのだろうと思います。

3歳2カ月頃になって指差しをすることがたまにあり、自分が行きたい方向を指差して「あーっ」と要求するようになりました。

言葉なのか叫びなのか、正直わからなかったのですが、親の欲目で「これは意味のある要求語なんだ」と受け止め、関わるようにしました。

お気に入りのボーダーTシャツが着られないと大騒ぎ

3歳の頃、翔太がひどくこだわったのがTシャツでした。

着心地や色、柄など誰でもお気に入りの服はあるものですが、息子の場合はお気に入りの範疇を超えていました。

肌着やズボンは何でもよかったのですが、Tシャツだけはそれしか着ないし、洗濯などで着られないと癇癪を起こして手がつけられなくなるほどでした。

どんな服かというと、ボーダー柄のTシャツです。

一番のお気に入りは白と紺の幅が1センチくらいのボーダーTシャツでした。

ほかの服も着せたかったので、ボーダーTシャツを引き出しの下のほうに隠したら、中の服を全部引っ張り出して、そのTシャツを探し出すほど。

なぜ、ボーダーTシャツにこだわったのかは不明で、こだわりが始まったのはある日突然でした。

ボーダーTシャツしか着てくれず、ないと癇癪を起こして手がつけられなくなるので、そんな状態を回避するために何枚も揃えました。当時は保育所に通っていたので着替えで保育士さんを困らせないためでもありました。

そのうち寒い季節になり、長袖のボーダーシャツが調達できなくなりました。寒くても半袖のボーダーTシャツしか着ない翔太。私もほとほと疲れていました。

それに、この対処が息子のこだわりをひどくしているような気もしていて……。

なので、思いきってボーダーTシャツをすべて捨てたのです。

翔太は毎日タンスの中の服を全部引っ張り出して、ボーダーTシャツを探して泣きわめきました。

泣き疲れた彼を説得しながらほかのシャツを着せていましたが、言葉が通じない時期だったので何を言っても彼には理解できていなかったと思います。

こんなことがいつまで続くんだろうと思っていましたが、数日で収まったときは胸をなでおろしました。

「ちょうちょ」を歌い、「かめはめ波」で大喜び

一緒に遊ぼうとしても全然のってこない翔太。

積極的に働きかけたくてもどうすればいいかわからなかったのですが、姉たちが通っていた公文教室で推奨されていたこともあり、やってみようと始めたのが、絵本の読み聞かせと童謡の歌い聞かせでした。

絵本の読み聞かせは就寝前。翔太に腕枕をして逃げられないように抱え込んで読んでいました。翔太自身はそうされることが好きではなかったし、絵本を見ようともしなかったけれど、眠気もあっておとなしく聞いていました。

童謡の歌い聞かせは2人きりの車の中で。これも翔太が逃げられない状況です。療育施設の通園バスの送迎場所まで車で行っていたので、バスが来るのを待つあいだ、童謡カードをめくりながら歌って聞かせました。絵本の読み聞かせと同様、初めの頃は聞いているのかいないのかわからない状態でした。

でも、言葉のインプット時期と思って、3、4カ月歌い続けていたら……。4歳になったある日、スーパーで買い物中に翔太がいきなり「ちょうちょ　ちょうちょ」とつたない口調で歌い出したのです。

飛び上がるほど嬉しくて、人目もはばからず私も一緒に大声で歌いました。

上の空のように見えていたけれど、彼にはちゃんと届いていたのでした。

同じ頃、遊びにのってきたのが当時の人気アニメ『ドラゴンボール』の「かめはめ波」でした。

姉たちと一緒にテレビでよく見ていたし、姉たちが遊びのなかでもやっていたので、私も面白半分でポーズをとりながら翔太に向かって「かめはめ波〜！」とやったら、キャッキャッ言いながら嬉しそうに逃げていくのです。

まぐれかもしれないと思って何度もやってみましたが、そのたびに翔太は嬉しそうに逃げていっては追いかけられるのを楽しんでいます。

え、こんなことでよかったの？

まさか彼がのってくるとは思っていなかったので驚きました。

しかも「もっとやって」という表情で、私からの働きかけを誘うような仕草も見られたので、とても嬉しかったのを覚えています。

それ以降、彼とは「かめはめ波」鬼ごっこで遊べるようになりました。

歌を歌うようになってから、叫び声ではなく、家族や通園施設の先生などいつも関わっている人なら、なんとか聞き取れる程度の言葉を発するようになりました。喋れた言葉は「あっち」「行く」「イヤ」「バイバイ」くらい。日常動作を伴う数語だけでしたが、少しずつでも翔太と意思疎通ができるようになりました。

絵本も少しずつ好きになっていき、読み聞かせタイムになると、いつしか自分で気に入った絵本を持ってくるようになりました。

おかげで絵本をトイレトレーニングに利用したり、人の表情を教えたり。子育てに役立ってくれました。

知的面を伸ばせばなんとかなるかも!? の大失敗

翔太が自閉症とはっきり診断されたのは5歳でした。

取得した療育手帳は「B」(軽度)。

でも、児童相談所の心理判定員(現在の児童心理司)には「程度の低い学習障害ですね、大丈夫ですよ」とも言われ……。

ほんの1時間ほど彼を見ただけで、何が大丈夫って言いきれるんだろう。

私はそのときすでに彼が自閉症であり、一生治らないと知っていました。

知りたかったのは障害名よりも療育方法でしたが、誰も具体的なことは教えてくれませんでした。

療育施設で専門書を読んだり、お母さん同士で情報交換したり、講演を聞いたりしながら、いろいろな療法に飛びついてはのめり込みました。

当時の私は、学力をつければなんとかなるんじゃないか、小学校入学までにはほかの子に追いつけるんじゃないかと思っていました。

そこで、姉たちが通っていた公文教室にお願いして、通信生として入塾。国語と算数の教材プリントをもらって、家庭でやらせることにしました。

翔太がじっとしていられず騒ぐので「迷惑がかかるから」という理由でしたが、本当のところはそんな彼に「私のほうがいたたまれない」からでした。

与えられたプリント数をこなすことだけに力を注ぎ、「早く、早く」と彼をあおりたてる毎日。

彼の認知能力が伸びていけば、指示が通らないことも、思いどおりにならないときの大騒ぎも解決すると思っていたので、学習態度の悪さには目をつぶり、彼の機嫌をとりながらの取り組みです。

日常生活でもパニックを起こされることを恐れ、腫れものに触るように、いつも私や周囲が彼に合わせて配慮することが身についていました。

その結果、翔太はわがままいっぱいの、扱いにくい野生動物のように育っていきました。

Family
Column
1

お父さんが語る 小さい頃の翔太とのエピソード

小さかった頃の翔太のエピソードで覚えているのは、ハイハイをしていたときの出来事です。

私のほうに這ってきて、額をくっつけたかと思うと鼻をカプッと噛んできたんです。それがとても可愛くて嬉しくて。今でも忘れられません。

房子（Fucoママ）と翔太がトモニ療育センターに入会してからは、私も父親懇談会などに参加。熱心なお父さんたちと情報交換し、父親の関わり方などを学んだおかげで、それまで以上に翔太のことに関心が湧き、彼の行動などを細かく見るようになりました。

幼少期はあまり一緒に遊べませんでしたが、小学生になると2人でマラソンをしたり、月に1～2回海へ釣りに行くように。なぜ翔太が私と2人だけで行くようになったかというと、釣具店で餌を買った後、近くのコンビニでお弁当も買ったから。釣りをしながら食べることが楽しかったようです。

第2章
野生動物みたいだった翔太と格闘した日々

就学時健診で大パニック！

学齢期が近づくにつれ、翔太の学校をどこにするか、就学前の1年間はギリギリまで悩みました。

希望は2歳上の姉・江里子が通う校区の特殊学級（現在の特別支援学級）でしたが、療育の通園施設の先生には「無理をしなくてもいいんじゃないですか」と養護学校（現在の特別支援学校）をすすめられていました。

その頃の翔太は、生活に密着した簡単な言葉の理解と、「ご飯　食べる」「お風呂入る」など2語文程度の言葉が少しあるくらいでした。

慣れていない人との言葉でのコミュニケーションは難しく、その場に関係ない独り言をブツブツと頻繁に言っていました。衣類の着脱はひとりでできるようになっていて、排尿は自立していたものの、排便はパンツを汚すことも。椅子に長時間座っていることができず、ウロウロと歩き回り、気に入らないことがあると奇声を上げて、癇癇を起こすこともあれば、ものを叩いたり投げたりすることもありました。

確かに、特殊学級では難しいかも……という状態です。

でも、私は最終的に翔太の就学先を校区の小学校の特殊学級に決めました。

なぜかというと、自分の目で確かめたからです（もちろん、特殊学級の在校生のお母さんたちにも事前リサーチはしていました）。

事前にお願いして、姉の授業参観日に特殊学級の授業も見せてもらいました。

先輩お母さんたちから「前任者のほうがよかった」と評判のよくなかった担任は、声を荒らげたりすることがなく、落ち着いた口調で生徒たちを大人扱いする先生でした。生徒の様子をよく見て、冷静に判断し、将来を見据えた指導をしている様子だったので、この先生に教えてもらいたいと思ったのです。

また、特殊学級の教室が学校の中心にあったのも大きな決め手でした。

学校の隅っこの誰も来ないようなところに教室があると疎外されている感じがしますが、そこは職員室に近く、隣には1年生の教室がありました。ほかの学年の生徒たちも特殊学級の教室の前をよく通る場所。それを見ただけで、普通学級との交流を積極的にしている学校だな、とわかりました。

養護学校も見学に行きましたが、そこでの授業は身辺自立などの生活習慣指導が中心のようで、それは家庭でも教えられることです。

家庭では教えられない集団生活を学校で体験させたい。

そう考えると、校区の特殊学級がベストでした。


ところが、翔太はその小学校の入学前の就学時健診でパニック状態になって大暴れをしてしまいました。

私が付き添って行きましたが、息子にとっては初めて行く場所。集合場所から班別に分けられて受診する教室へ行くのですが、息子は集団に向かって指示されたことを理解できる能力はなかったし、何よりも初めての場所という不安が大きかったのでしょう。私から離され、ほかの子どもたちと一緒に教室に連れて行かれて10分もしないうちに「暴れているので来てください」との呼び出しが！

なんと翔太は泣く、叫ぶ、暴れる、椅子を投げる、噛みつく、と大暴れでパニック状態になったとのこと（担任は「あのときは大変な子が来たと思った」とのちに話してくれました)。理由は、言葉が通じず指示も通らないので、ほかの子たちとは違う部屋で健診しようと息子ひとりだけを連れて行こうとしたからでした。

だから、先生に私が付き添うと言ったのに。不安ながらも顔見知りの友だちがいたからみんなと一緒に行ったのに。そこから引き離されたらパニックにもなるでしょう。

結局、その日は帰され、再健診の連絡もないまま、就学通知を待つことに。

その間、次女の江里子に、
「翔ちゃんは小学校はどこへ行くん?」
尋ねられたことがありました。彼女と同じ小学校の「まつ組」だと答えると、
「一緒の小学校でよかった」
まつ組は特殊学級のクラス名ですが、弟が同じ学校の特殊学級にいることを彼女はどう思うんだろうと心配していただけに、この一言に心配は吹き飛びました。

送付予定日を過ぎても届かない就学通知にハラハラしていましたが、半月ほど遅れて無事届き、翔太は第一希望の小学校に入学できました。

トモニ療育センターで「みそラーメン」と叫びまくる

トモニ療育センターに入会したのは、小学校入学の3カ月後。

友人から借りて読んだ『精神科医の子育て論』（服部祥子著　新潮選書）で河島淳子先生の存在を知ったのがきっかけでした。

河島先生の講演を一緒に聞きに行った友人が、先生が所長を務めるトモニ療育センターに入会して一緒に行こうと誘ってくれたのです。

夫も「チャンスを無駄にするな」と前向きに励ましてくれました。

入会後の初セッションで翔太はＰＥＰ診断テスト（教育診断検査）を受けました。

家庭での基礎学習などである程度、認知面を育ててきたつもりの私は、彼の機嫌さえよければテストもうまくいくだろうとひそかに期待していました。

でも、機嫌は最悪。

自分の思いどおりにさせてもらえないので、大騒ぎです。気に入ったことはサッサとやるけれど、指示されないことまでしてしまう。苦手なこと嫌なことには次第に金切り声で叫び出し、机や椅子をガタガタと乱暴に扱い始め、椅子の上に寝そべり「みそラーメン、みそラーメン」と叫びまくりました。

「こんな状態で知識を身につけても、社会に出たときには通用しません。かえって知識が邪魔になります」

河島先生から頂戴したのは、こんな厳しい言葉でした。

彼の将来像を思い描く余裕もなく、目の前の行動ばかりが目についていた私。必死に育ててきたつもりの知的能力も、自分勝手にしかできない彼には社会に出たとき何の役にも立たない。できる能力も整えてあげなければマイナスになるし、その能力を使うことはできない。むしろ邪魔にさえなり、必要がない――愕然としました。

〝大切なことは知識を教えることではなく、心を豊かに育てること〟。

翔太の能力判定だけにとどまらず、異なった視点から彼を見て、今、一番必要とされていることは何かを指摘されたことで、私の考え違い、思い上がりを打ち砕かれた思いでした。

診断テストを受けたのは、彼ではなく、私だったのかもしれません。

息子の言いなりになって機嫌をとり、甘やかすだけの育て方では信頼関係も築けず、指導もできないと気づかされたのも、このテストでした。

今までの育ちを軌道修正するには、覚悟を決めなければならない。

翔太との信頼関係を築くには、本気で向き合う必要があることを思い知りました。「できないから」「わからないだろうから」と言って避けてきたこと、中途半端に取り組んでいただけのことに、徹底して取り組もう。

私が彼に合わせる（子どもに主導権を握らせる）のではなく、私に彼を合わせさせなければ、指導することもできない。

そう決意した私は、翔太との関わり方を180度変えました。

彼の抵抗は激しく、毎日大騒ぎ。同居していた義父母から「そんなに泣かすな」と責められることもありました。

でも、私は「叱らない」けれど「譲らない」と心に決め、彼には「投げ出さない」

「わがままは通らない」「約束を守る」ことを教えることにしたのです。

トモニ療育センターで母親教育を受けるようになり、私の子育ての目標は大きく変わりました。

それまでの目先のことにとらわれていた子育てではなく、目標は「学校卒業後の翔太」になったのです。

1 人に好かれる人に育てること
2 役立つ人に育てること
3 一般企業で働き、地域で家族と暮らすこと
4 余暇を楽しめることを持つこと
5 可能な限り自由に生きること

目標の期限は12年後。そのために今、必要なことは？ と小さな目標に落とし込んでいきながらの子育てに方向転換しました。

「やったぁ！」初めて達成感を得た縄跳び

トモニ療育センター入会後、河島先生に繰り返し教わった「心を豊かに育てる」こと。私はこれを「生きていく力」を育てるためのものだ、と気づくまでに時間がかかりました。

それまでの召使い状態から指導者に変身した私は、息子の抵抗と戦っているうちに彼に必要な心が見えてきました。

「忍耐力」「達成感」「恥ずかしい気持ち」「気遣いや思いやり」などです（5〜6ページ参照）。

当時の翔太は苦手なことが多く、嫌いなことはしない、得意なことがない状態。何につけてもやる気がなく、忍耐力や達成感など程遠いものでした。

そこで取り組んだのが、縄跳びです。

幼児期の翔太には、口では説明できないような微妙な動作のコツを教える術もなく、ただ回数を重ねるだけで、1回跳びこすのに何カ月もかかり、連続して跳べるようになるまでには、さらに何カ月もかかっていました。そして、5回連続で跳べるようになると「できた」と満足して中断していました。

でも、その縄跳びが体力、持続力、忍耐力を育て、達成感を与えるという心の育ちに結びつくと河島先生に教えていただいたのです。

まず、その日の目標回数を決めて取り組むことからスタートしました。ルールは「目標回数を連続して跳べたら終了」です。

1日目の目標は、2回連続跳べるまで。それ以上跳べそうでも「はい、合格」。翔太はもっと跳べるのに、という顔をしていましたが、ルールを理解させるために終了です。そして、跳べたこと、ルールを守れたことを思いきり褒めます。

それからは彼の様子を見ながら目標回数を増やしていきました。いきなり増やすことはせずに、1日1回ずつくらい。最初のうちはラクラクできる回数にして、できたことを毎日褒めます。

そのうち、簡単にはできない回数だけれど、絶対できない回数にはしないようにしながら、どんどん回数を増やしていきました。

一度決めた目標回数は絶対譲らないこともルールです。あと1回というところで失敗しても、最初からやり直し。翔太も毎日やり遂げて褒められる体験を積んでいたので、大嫌いだった「やり直し」を受け入れられるようになっていきました。

目標回数は、彼も納得して決めていたのですが、連続50回を目標にしたときは大変でした。

49回で引っかかって「残念、やり直し」。彼はさすがに許してほしくて大抵抗です。あんなに叫んで跳んでいたら、余計に失敗するだろうに、と思うほど叫びながらの連続跳びです。何度も何度も、あとちょっとで引っかかってやり直し。

体力も尽きてヘトヘトになっている彼に、どれほど「もういいよ」と言ってやりたかったことか。見ている私のほうもつらくてつらくて。

でも、ここで負けたら何の意味もない。つらかったことしか残らないし、彼は大騒ぎすれば許してもらえると思ってしまう。だから、絶対に譲りませんでした。

そして、ついに成功！　そのときの翔太の輝くような素晴らしい表情といったら。

「やった〜！」母子で感動の瞬間を味わえました。

彼の抵抗に負けていたら、「よかったぁ！」と嬉し涙を流すほどの達成感など経験させてあげることはできなかったと思います。

また、ボールつきにも縄跳びと同じルールで取り組みました。

縄跳び以上に集中力を必要としたので、失敗してやり直しになったら、これまた大騒ぎ。

でも、この課題で得たのは、集中力と忍耐力。自分から「だめだ、やり直し」「よおし、頑張るぞ」と言って取り組む姿勢。「やったぁ、できた！」と達成したときの達成感。そして、「くやしい」という思い。

「嫌がることを無理にさせたらストレスが溜まる」という意見はその頃もあり、私もそう思っていた時期がありましたが、結局それは大人が「かわいそうだから」と中途半端なところで逃げているだけ。

やりきった達成感が得られればストレスなんかにならない、とわかりました。

基礎学習は「座る」訓練からスタート

取り組みのひとつには基礎学習、いわゆるお勉強もありました。

とはいっても、トモニ療育センター入会時のテストでも露呈したように、翔太の学習態度はひどいもの。そもそもじっと座っていることさえ難しい状態です。

だから、「座っている」ことをマスターする訓練から始まりました。

一番効果的だったのは、食事の時間。

これは、彼のひどい偏食を治すために取り組んでいたことが役立ちました。

食事中は座る、ということをわからせるために、一度でも席を立ったら「はい、ご飯は終わりね」と、少ししか食べていなくても片づけていたのです。

そして、次の食事まで何も食べさせません。お腹が空いたと泣きわめくこともありましたが、1回くらい食事を抜いても死ぬことはない！　と心を鬼にして譲りません。

当時、家族全員で夕食をとっていたので、みんなが揃うまでは食べないのが習慣。

料理が並んだ食卓に翔太をわざと早めに座らせ、「手はひざ」のカードを食卓に置いて、全員が席に着くまで待たせました。

待てずに席を立ったら、ご飯は抜き。

「座っている」ことを身につけさせたくて、10分ほど待たせることもありました。最初は大騒ぎしていた翔太ですが、忍耐力が必要なのは親も同じなので、これまた心を鬼にして続けていたら、1カ月ほどで座っていられるようになりました。

学習態度を身につけさせるのにも、カードが大活躍。

「沈黙」「姿勢正しく」「できました」「わかりません」などをカードにして、指示に従わせることにしました。

沈黙という言葉の意味はわかっていませんでしたが、最初は口にチャックをするジェスチャーなどを交え、このカードが出たら黙るということから教えました。

耳から入る指示よりも、視覚から入る指示のほうが翔太にはわかりやすかったからです。私も口やかましく指示することはなるべく避けました。

もちろん、カードを提示したからといってすぐにできたわけではありません。大騒ぎの大抵抗を示していましたが、そのつど彼が大嫌いなやり直しを命じ、彼の抵抗を無視して譲らずにさせることで、指示に従えることが増えていきました。

やり直しを嫌がらないようになったのは、牛乳パックのおかげかもしれません。ある日、算数のやり直しを嫌がる翔太に「じゃあ、やり直しと牛乳パックを切るのとどっちにする?」と聞いてみたのです。もちろん、答えは「牛乳パック」。目の前に50個ほどドサリと置かれたときには、唖然《あぜん》としていました。ブツブツ言っていましたが、自分で選んだからやるしかない。切り終わる頃には手指が真っ赤に。よっぽど大変だったのでしょう、それからはやり直しを選ぶようになりました。

学習課題の内容は、翔太の反応を見ながら「どこがわからないのか、どの部分ができないのか」をよく観察することで、少しでも彼が取り組みやすいように工夫しました。それまで2年間続けていた公文のプリントはやめ(翔太が答えを暗記してしまうので)、手作りで課題を作成するようにしたのです。

彼が基礎学習に取り組む姿を見てわかったことは、なぜ多動や奇妙な行動をするのか、ということでした。

どうすればいいかわからないから、多動になるしかないのです。

翔太はやり方がわかってきたことにはぐっと集中するし、目の輝きが違ってきます。

でも、わからないことになると、途端に体はぐにゃぐにゃ、関係ないことを口走り始めます。どうしていいかわからないからウロウロすることも。

だったら、わからないことを減らしてあげればいい。

彼のわかりにくさを理解して、わかりやすいように工夫して、できることを増やしてあげれば、彼はきっとイキイキしてくる。

そう気づいた私は、基礎学習は可能な限り身につけさせたほうが彼の生活が広がると思いました。生きる力を身につけるためにも、基礎学習は必要だ、と。

こうして課題に取り組み続けたことで、1年もすると翔太の大騒ぎは小騒ぎほどになり、自分でやり直す姿勢も芽生え始めました。生活面でも指示を聞き入れやすくなり、家事などの手伝いもさせられるようになっていきました。

「スケジュール表」でパニック回避

小学校入学と同時に取り組んだことのひとつに、スケジュール表を使って、翔太に先々の予定を知らせることがあります。

息子のスケジュール表は時間や行動など、状況によって複数作りました。種類は大まかに分けると「日常生活」「課題学習」「家事手伝い」の3種類。日常生活のスケジュール表は「1日」「1週間」「1カ月」と期間別にさらに3種類。

まず、1日のスケジュール表から始めました。透明のテーブルクロスを布に縫いつけて縫い目を入れ、名刺サイズのカードが差し込めるようにして、壁掛け時計のすぐ下に吊り下げて使っていました（9ページ参照）。

「顔を洗う」「着替える」「歯を磨く」「朝食」「トイレ」「風呂」などの日常習慣と、時計が示す時間を組み合わせたカードで、1日のスケジュールを繰り返し教えました。

朝起きてから登校までの予定カードを、前日の夜に私が入れておきます。やり終えたら、カードを裏返していくので、次にやることが視覚的に確認できます。彼が下校するまでに、帰宅してから就寝するまでの予定カードを入れておきます。学校から帰宅したらカードを見ながら行動するというわけです。

このスケジュール表を取り入れてわかったことは、息子は先の予定がわかっていると、不安が軽減して行動が整うということでした。癇癪やパニックを起こすことが少なくなったのです。

スケジュール表が定着するまで、翔太は先の予定をとても気にしていました。学校からの帰路、彼がずっとブツブツ言っていたのは「帰って、着替えて、洗濯物たたんで、ご飯食べて、お風呂入って、寝て、起きて」と、帰宅してからの行動予定でした。3日分くらいの予定を復唱して確認することで落ち着けるようでした。

1週間のスケジュール表は、夏休みなどの長期休暇のときに、彼と相談しながら1週間ごとに手書きで予定を入れていました。

1カ月のスケジュール表は、新聞に折り込まれてくるカレンダーを利用して、お出かけや行事などを彼が書き込んでいました。

課題学習をするときのスケジュール表は、家庭での個別学習のときに使っていました。段ボールの空き箱を利用してカードが挟めるようにし、今日やる勉強は何なのか一目でわかるようにしたものです（9ページ参照）。

上から順にやっていって、終わったらカードを抜き、全部なくなったら勉強は終わり。この学習予定表で今日やる学習がわかること、はじめと終わりがわかることで、彼は先の見通しがつくので、抵抗なく学習に取り組めました。

家事手伝いのスケジュール表（当番表）は、5～6年生になってから作りました。

スケジュール表の導入は、彼に「決めた時間に、決めたことを必ずやる」ことを理解させる効果もありました。

「約束は守る」です。

でも、日々の生活や仕事には予定変更はつきもの。

翔太がスケジュールをしっかり理解するのに半年以上かかりましたが、その頃、どうしても予定を中止せざるを得ないことが起こりました。もちろん、彼は大騒ぎです。

そこで、次に取り組んだのがスケジュールの「パターン崩し」でした。

予定がない時間を入れたり、予定変更を入れたり。予定がない白紙カードがスケジュール表に入ったときは「ここは？　ここは？」と気にしていましたが、好きなことをしていい自由時間だとわかると白紙カードを好むようになりました。

予定変更は、彼が楽しみにしていたお出かけなどを予定時間の少し前に急遽中止にしました。当然、泣きわめいて怒りましたが、中止は中止。譲らず、納得させます。

この予定変更は、時々突発的に入れ込んでいくことで、大騒ぎから文句になり最後は仕方ないやと諦めて納得するようになりました。


スケジュールどおりできること、予定変更も受け入れられること。これは5つの子育て目標の3「一般企業で働き、地域で家族と暮らす」の一般企業で働くために必要なことでもありました。例えば、当日の作業量で決まる残業などに適応するためです。

片道2・2キロをひとりで登校

翔太には、自分でできることをひとつでも増やしてあげたいと思っていたので、小学校に入学してから自主通学の訓練を始めました。

子育ての5つの目標の5「可能な限り自由に生きる」ための取り組みです。

通学路は片道2・2キロ。入学当初は私が付き添っていました。

10人ほどの通学班で集団登校するのですが、彼にはみんなの歩調に合わせる気がないので、次第に列から離れてしまいます。私は息子の後ろを歩き、時々ランドセルを押して先を促していました。

学校へ着くと、教室まで付き添って、担任が来るまで一緒にいました。

入学して1カ月ほどが過ぎた頃、担任から「クラスの上級生たちに任せて、なるべく早く彼から離れるようにしてはどうか」と提案されました。

そこで、教室の後ろ、廊下、下駄箱のところ、校庭、校門と徐々に送りの位置を離していくようにしました。

通学班で歩くときも、少しずつ息子との距離を置くように。彼は列の2番目、私は列の一番後ろを歩きます。次第に距離を伸ばしていって、彼が振り向けば見えるくらい後ろを歩くようにしました。

彼は時々振り返り、私がいることを確認すると、また班に戻って歩いていました。

6月末頃には彼は学校へ着くと小走りに教室に向かうようになっていたので、校門までの送りにして、別れた後は班長さんに任せることにしました。

2学期が始まる前日、担任から「2学期という節目で、見送りの位置を思いきって離してみませんか」と連絡がありました。

通学路の後半半分は車の通りはほとんどありません。よし、そうしよう!

「お母さんは帰るからね。班長さんと行くんよ」

そう言うと彼は不安そうに振り返りながらも、担任がそこまで来てくれていたので別れることができました。

担任は100メートルほど付き添ってみて、彼が落ち着いていたので、それ以上は付き添わず、班長さんに任せてくれました。班長さんも任されたので、彼を教室まで送ってくれるように。

班のほかの子たちは「おばちゃん、翔ちゃんもっと早く歩けんの？」と言いつつも私がいなくなると班長さんを頼りにしていた息子に合わせてくれていたようです。

それを1カ月ほど続けた9月の運動会の日。

家から100メートルほどの通学班の集合場所で「ここからはお兄ちゃんたちと行って」と思いきって息子に言ってみました。

彼は少し不安そうな顔をしましたが、振り返り、振り返り、登校していきました。

無事学校に到着したので、翌日からの見送りも集合場所までに。

登校の様子は、毎日班長さんが担任に報告してくれていたので、トラブルがあった翌日は、彼を見送った後で、別の道から気づかれないように見に行ったりもしました。

大きなトラブルが一度だけありましたが（詳しくは後述します）トラブルがあるた

びにひとつ賢くなったと思って1年生のあいだは集合場所までの見送りを続けました。彼が何か問題を起こしたら、そこを理解してないんだとわかり、教えるべきことがわかったからです。それを乗り越えたらまたひとつステップアップできます。


2年生の始業式の日。

ランドセルを背負って外に出た翔太に、

「行ってらっしゃい」

思いきって、そう言ってみました。すると彼は、

「行ってきま〜す」

ひとりで走り去っていきました。

え？　と気が抜けた私。なんだか置いてけぼりにされたようで、ちょっと寂しい。

でも、彼は隣の家の前まで行くと「班長さ〜ん班長さ〜ん」と叫んだものの班長さんを待つでもなく集合場所まで走っていってしまいました。

担任や通学班のみんなに助けられながら、この日を境に翔太は家からひとりで登校できるようになりました。

下校訓練は写真カードを利用

下校訓練も登校訓練と同時に始めました。

入学当初は教室まで迎えに行っていましたが、少しずつ迎え場所を離していくことにしました。

まずは下駄箱のところ。担任がそこまで見送りにきてくれました。1学期の終わりには、教室で担任に挨拶するとひとりで下駄箱のところまで出てくるようになりました。

2学期から登校訓練の見送り場所を延ばしていたので、下校の迎え場所も延ばすように。

最初は校門。朝、息子には伝えていたのですが、わかっていませんでした。下駄箱のところに私がいないので「うわ〜、お母さ〜ん」と絶叫。担任が私のいるほうを指差してくれたので、顔をのぞかせると「お母さ〜ん、お母さ〜ん」と叫びながら校門まで走ってきました。ヒックヒックと泣きじゃくりながら、歩いているうちにようやく落ち着いたほど。

翌日からは「うわ〜、お母さ〜ん」とならないように、彼が校庭に出たら見える位置で待つようにしました。

息子は、私が来ているかどうか不安で靴を履くのもそこそこに校庭へ走り出ていましたが、2週間もするとゆっくり歩いて出てくるようになりました。

そんな様子に彼の不安もとれたのだろうと思い、校庭に出ても見えない校門の外で待つことにしました。

初日は「お母さ〜ん、お母さ〜ん」と走ってきて、私を見つけるとホッとした表情に。翌日からは大丈夫になりました。

校門の外で待つこと1カ月以上。順調に進んでいると思っていたら、10月にアクシデントが！

担任が出張でいつもより5分ほど早く教室を出た息子。運悪く、私は通学路とは別の道で迎えに行ったため、ほんのちょっとの差ですれ違ってしまったのです。

泣きじゃくりながら帰っている彼に追いつくことはできたのですが、この大失敗で彼の信用をなくしてしまい、また下駄箱のところまで迎えに行くことからやり直し。結局、2学期中は校門のところから進展しませんでした。

3学期からは気分一新で、校外で待つことに。校庭に出ても私の姿がないので、彼はワーワー泣いて校外へ出られないし、近くにいた子に八つ当たりしていたようで、私が待っている場所まで担任が付き添ってきてくれました。

彼には待つ場所を変えることを説明していましたが、言葉だけの説明でわかるはずがなかったのです。

どうしよう。どうやって彼に私と出会う場所をわからせたらいいんだろう。

あれこれ考えた結果、言葉だけでは無理だけど、写真ならわかるかもしれないと思いつきました。

通学路を帰る方向から各所で写真に撮り、「ここまで帰る」と文字を入れたカードを作りました（9ページ参照）。

実際の場所を前日の下校時に「明日からここよ」と、写真と実物のマッチングで彼に確認させました。そして、その写真カードはランドセルの横にぶら下げました。登校時に写真を見せて説明し、下校前にもう一度写真を確認させるよう担任にもお願いしました。

カード使用の開始地点は、校門を出て角を2つ曲がったところ。そこまでなら泣いても少しだし、カードの意味がわかればいい。

どうなるかと待っていたら「お母さんお母さん」と大声で彼が呼ぶのが聞こえてきました。でも、泣き声じゃない。

「偉いね。ここまで帰れたね」と褒めながら、写真と見比べさせました。カードの意味に気づいたかどうかは不明でしたが、不安そうにはしていなかったので成功です。

私を見つけると叫びながら必死に走ってきていた彼が、少し早めの足取りでニコニコと帰ってくるようになった頃、私が待つ場所を少し延ばしてみました。

最初は叫びながら走ってきても、2～3日すると歩調はゆっくりに。

2週間ごとに少しずつ距離を延ばしていき、そのたびに彼は不安そうな様子を見せながらも、変更を受け入れていきました。

信号機のない交差点をどう渡る⁉

わが家と小学校のちょうど半分くらいの地点に、信号機のない大きな交差点がありました。

登校時は班のみんなと一緒ですが、下校時は翔太ひとりなので、この交差点をクリアするのが難関でした。

1年以上も私と一緒に渡っていたので、渡り方は示していたつもりでしたが、彼は私の動きを見て判断していたようで、自分で判断して渡れるようにはなっていなかったのです。

そこで、まったく車の通りがないときも私は動かずに立っていることにしてみました。すると、彼もじーっと私の横に立っています。

ほかの子たちは「何しよるん？」と言いながら、不思議そうに横断していきます。

それでも私が動かないので、彼も立ったまま。いくら経っても私が動かないので、彼は不思議そうに私を見上げて「帰ろうや」。

彼が動く気になったので、車を確認させて渡りました。

車の確認の仕方には少し悩みました。

横断歩道があっても止まってくれない車もあるので、「車が見えたら渡らない」と教えたほうが無難だと思いました。

すると、たまに止まってくれる車があっても、目の前に車が見えるので息子は渡れないのです。止まってくれた車の人も、彼が渡ろうとしないので困っていました。

でも、「車が見えたら渡らない」「車が止まってくれたら渡る」の2つを同時に理解させるのは、当時の彼には難しかったので、「車が見えたら渡らない」をまず徹底させることに。翔太も「うん。車が渡りませんね」と言っていました。

わかったのかどうか怪しかったので、交差点で2カ月ほどボーッと立つことを続けていましたが、私と一緒にいると、翔太はどうしても自分で見ようとはしません。

用心深いタイプだから、いけるかな。

ある日、彼を信用してチャレンジしてみることにしました。

下校の迎えで合流する地点を、交差点の対面にしてみたのです。

すると私を見つけた彼は左右の確認もしないで、道路を横断して走ってくる体勢をとるではありませんか。

「危ない！　止まって！」

車は一台も通っていませんでしたが、このときばかりは大声で止めました。

彼はハッとして立ち止まり、私を見てニッコリ笑って左右の確認をしました。ずっと向こうから車が来ていると、その車が通り過ぎるまでじっと待っていました。

その後も渡る機会は何度もありましたが、彼は何台も車を見送り、一台も見えなくなると、

「渡りましょう」

私に向かってそう言って、ゆっくりと道路を横断してきました。

「渡りましょう」は、ボーッと立っていた2カ月のあいだに、私が彼に言っていた言葉でした。彼にとってのゴーサインだったのかもしれません。

「ありがとうございました」とも言っていました。

ほかの子どもたちが、止まってくれた車に「ありがとうございました」と言っているのをちゃんと聞いていたようで、彼は注意深く見て学習していたんだなぁと嬉しくなりました。そのとき、翔太の視界に車はいなかったのですが（笑）。

その後も、友だちに促されたり、周囲の動きを見たりして、用心深く横断できるようになりました。

交差点から家に帰る途中に踏切もありましたが、ここには遮断機があったので教えやすかったです。

一度だけ、遮断機が下りかけたときに、その下をくぐり走り抜けた友だちに「翔ちゃん、はよ来い」と言われて身構え、私に止められたことがありました。

すると彼は友だちに向かって「もう！ 危ないでしょ」と怒鳴っていました。私と一緒のうちに、そういうハプニングがあってよかったと思います。

彼は何度も「危ない！」を経験しながら、下校の仕方を覚えていき、入学式から1年7カ月かけて自主通学ができるようになりました。

「車ぼこぼこ事件」発生

登校訓練中に一度あった大きなトラブル。

それは、翔太が駐車場に止めてあった車のボンネットを傘で叩いて、ぼこぼこにしてしまったというものでした。

理由は、集団登校の別の班の上級生に意地悪されたので、傘を振り回して車に八つ当たりしてしまったから。

どんな意地悪をされたのかはわかりませんが、小学校1年生の頃の息子はからかわれたり、ちょっかいを出されたりするとパニック状態になり、ギャーギャー泣き叫んでいました。そんな様子が面白いと、嫌がるようなことをされていたようで、ギャーッとなって周囲なんか目に入らず傘を振り回して車を叩いてしまったようでした。

発覚したのは、事件発生から3日後。

車をぼこぼこにされた保護者から学校に報告があり、調べた結果、息子のやったことだと判明しました。翔太に問いただしても3日も経っていたので、自分がしたことがわかっていたのかどうか。言葉で説明しても理解できない彼にくどくどと言い聞かせてもわかるはずもありませんが、そのときはいけないことをしたのだとわからせたくて、私は厳しい口調で彼を責めてしまいました。

車の持ち主は2歳上の姉の同級生のお母さんだったので、翔太を連れて親子3人で謝りに行きました。学校から連絡があったとのことで「謝りに来てくれてありがとう。悪いのはお兄ちゃんたちのほうだわね」と言われましたが、息子がやったことも悪いことなので叱ってくださいとお願いして、叱ってもらいました。

車の修理代は加入していた損害保険を使いました。何があるかわからないので、わが家には必要な保険だと実感しました。

嫌なことを言われたりされたりするとカッとなってしまう翔太。

自分で気持ちのコントロールができるようになるには何年もかかると思っていましたが、翔太が穏やかになったのは30代でした。

日記を書き始める

トラブルは、その日にわかることもあれば、数日経ってからわかることもありました。その日のことなら息子に反省させることもできましたが、数日経っているとなぜ叱られているのか、彼に届いていない感じがしました。

そこで、日記を書かせることにしました。

翔太は言葉で状況説明をすることが難しいので、小学校に入る前からその日に何があったかを知るために、絵を描きながら話を聞く「お絵描きお話」をしていました。その延長のような形です。

使うのは、何ページもある日記帳やノートではなく、量がわかりやすい原稿用紙。1時間の基礎学習の後、30〜40分かけて1日1枚。

といっても、彼は書くことが大嫌いだったし、その日の出来事を聞かれても何を答えればいいのかもわかりません。

最初は、私が書いた文をなぞらせることから始め、次に私の書いた文を見て書き写させ、聞き取りで書かせたり、質問を挟んで絵を描いてイメージさせたりしながら進めました。

大抵抗する彼を相手に続けること、数日。

ある日、「はい、もう日記はしなくていいです。代わりに書写（本を見ながら書き写す）しましょ」と言ってみました。

車ぼこぼこ事件のとき、反省のためにマラソン、縄跳びなどと一緒に教科書10ページ分の書写を3時間かけてやらされているから、ギョッとしたのでしょう。

「日記書きます」と大慌て。その日から、日記を書くことに抵抗が少なくなりました。

日記を書くときは、学校の行事予定表や計画帳などを見ながら、今日何があった？と彼に一日を振り返らせました。といっても、彼は聞いても答えられないというか、表現することが難しかったので、それを探るのは難しかったのですが。

翔太ひとりに任せていると、学校へ行きました、ご飯食べました、算数しました、寝ました、と短い文の羅列になるので、そこをちょっと広げてあげるように「どんな気持ちだった？」「楽しかったね」「しんどかったね」と話をしながら聞き出します。

特に翔太は感情表現をしないので、気持ちの部分を掘り下げるために時には私が絵を描いてみせることも（丸描いてちょん、の下手くそな線画です）。

すると、彼もフフッと笑いながら、その絵に付け加えて描き始めます。その人物の表情が笑っていたり泣いていていたり怒っていたりするので、彼の気持ちの察しもつきました。


いいことだけではなく、よくなかったこと、何か悪いことをしたとか失敗したこととかを積極的に日記に書くようにしました。彼はそういうことも隠さなかったので、反省させる材料にもなりました。

そのうちに、自分で考えて思い出そうとし始め、つらかったことを思い出して泣いたり、おかしかったことを思い出してげらげら笑ってみたり、得意そうな顔をしたり。

その後も日記を書く習慣は翔太の身につき、なんと、36歳になる今も続いています。

意地悪は親切

野生動物のようだった翔太は、小学校2年生くらいになると少しずつ指導しやすくなってきました。

でも、言葉で言っても理解していないようなところはあったので、彼に気づかせる関わり方をしてみることにしました。

それが「意地悪」と「迷惑」です。


まずは、意地悪。

例えば、彼と外食するときに「何にする？」と食べたいものを選ばせます。

彼は「ラーメン！」と大好きなものを選びました。

私はわざと違うものを選びます。

「じゃあ、お母さんは焼き飯にしよう」。実は焼き飯も息子の大好物です。

注文したものが運ばれてくると、彼は「ねぇ、焼き飯」と欲しがります。「やーよ、これはお母さんのだもん。あげないよ」

彼は「焼き飯は……」「焼き飯は……」と何度も小声でブツブツ。不服そうな顔でラーメンを食べていましたが、大騒ぎすることはありませんでした。

これができるようになったのは、毎日の食習慣のおかげでした。

家庭での食事でも、欲しがっても人の皿には手をつけないようにさせていたからです。小さい子どもが欲しがったら「いいよ、あげるよ」と自分の分を分けてあげることが親切かもしれませんが、内と外の区別がつかない息子には、内も外も同じように自他の区別ができるようにしておかないと社会性が身につきません。

マナーを身につけさせることは、5つの子育て目標1「人に好かれる人に育てる」にとって欠かせません。

外に出たとき損をするのは彼。意地悪しているようでも、彼にとっては親切です。

同居していた義父母は、欲しがって叫ぶ姿に「かわいそうだから」と息子に分けてくれようとしましたが、翔太のため、と協力をお願いしました。

夫も年に1〜2回、トモニ療育センターで父親教育を受けていて、私の対応の仕方を理解してくれていたので、座る訓練のときと同じく、私がやりにくそうなときは義父母を説得してくれていました。

同じ方向で理解してくれていた夫のおかげで、くじけずに療育を続けられたのです。

また、この頃の翔太には、自分のしたことが迷惑になっていると気づいていないところがあったので、それを彼に気づかせるようにもしました。

彼は手を洗った後、手をパッパッと振るので、そこらじゅうに水が飛び散っていました。そういうときは私も彼と同じように、いえ、むしろもっと大胆に彼にかかるように水を飛び散らせたのです。水をかけられた彼は怒り出します。

すぐには気づいてくれませんでしたが、何度もやっていると、水を散らされて嫌な思いをすることに気づいたようでした。

迷惑対策で効果的だったことに、大声調整もありました。

その頃の彼は学習には抵抗が少なくなっていたものの、気に入らないときは大声で答えるなどの小さな抵抗をしていました。「小さな声で言ってください」と注意しても大声で叫んで質問に答えていました。

ある日、トモニ療育センターでの個別セッション中にも大声で返答した息子。するとと、セッション担当の高橋千恵子先生も大声で質問しました。

「やかましい！　やめて」と彼。自分もされてみて、やっと迷惑ということがわかったようで、その後は小さめの声に変わりました。

基礎学習のひとつである本読みが嫌でしょうがなかった頃、大声で叫び読みしていた彼の横で、ラジカセのボリュームを最大にしたことがあります。

驚いて本読みを中断した彼に「ボリューム10がいいの？」。ちょうどいい大きさにして「ボリューム3がいいの？」。

「えっ、3。3です」と言って、普通の声で本読みを再開しました。

それ以降、声の大きさを伝えるときは、ボリュームで説明するとわかるようになりました。普通の声はボリューム3、ひそひそ声はボリューム1。

この表現はとてもわかりやすく、小学校時代の息子によく使っていました。

もうひとつ。この頃の彼との関わり方で気をつけていたのが「褒める」ことです。私はできなかったときでも「よく頑張ったね」と褒めていましたが、実際はできていないことが悔しいのか、彼は間違っているときやできないとき「できるのよ！ 100点よ！ 花丸よ！」と机を叩き、床をドンドンと踏みつけて、金切り声で不満を訴えるようになっていました。

失敗したときの悔しさは必要ですが、それを乗り越えてやり抜く力も必要です。それからは、とりあえず100点や花丸をつけないようにしました。彼は怒りましたが、以降はできた問題にチェックを入れて、できなかった問題に丸をつけるようにしたのです。

彼には「できなくっても平気さ」と思えることも必要でした。

褒めてやる気にさせるのは効果的ですが、褒めるって本当に難しい。

結果ばかりに気をとらわれないこと、褒め方の度合いを考えること、褒めることを忘れないこと。それ以降、私が心がけるようにしたことです。

合唱やピアノを習い始める

トモニ療育センターに入会したときに立てた5つの目標（51ページ参照）。その4に「余暇を楽しめることを持つ」がありました。

将来的に彼が一般企業で働けたとしても、好きなことを仕事にすることはできないだろうと思っていたので、仕事は仕事、楽しむことは別に持てばいいと考えていたからです。

でも同時に、彼自身が選んで趣味を持つことができるようになるだろうか？　とも感じていました。

そこで、彼の好き嫌いに関係なく、チャンスがあれば将来的に余暇を楽しむことのひとつになれば、といろいろな習い事をさせました。

幼少期からスイミングはやっていました。

顔に水がかかるのが大嫌いだった（シャンプーするのが大変！）2歳のときに療育の通園施設で母子スイミングを始め、5歳からスイミングスクールの障害児コースへ。5年目にして、あれはクロールかな？　という程度の泳ぎでしたがプール大好きになっていました。

2年生では近くの町民会館でやっていたジャズダンスにも私と2歳上の姉・江里子の3人で週1回通っていました。

それらに加えて、3年生で始めたのは合唱です。上の姉たち2人が入っていた地元の合唱団で、町内4小学校の3年生以上が参加しています。

江里子が5年生で入団したとき、その式に翔太を連れて参加したときのことです。役員のお母さんと雑談しているとき、来年は彼も……とポツリともらしたら「来年と言わず、今年からやってみたら」と後押ししてくださり、指導の先生もすんなり引き受けてくださったことから思いがけずに入団することに。

最初は練習に私も同行して、よそ見をする彼を注意したりしていましたが、同じ学校の交流学級（特殊学級と交流のある普通学級）の女の子も数名いたので、彼女たちにも助けてもらったりして、そのうちただ見守るだけで大丈夫になりました。

その年の夏休みには、団員のひとりとして大きな舞台に立ち、やり遂げることができました。

場所柄をわきまえて行動する、人に合わせる、姿勢を正す……日々取り組んできたことの成果だったと思います。


翔太は、言葉を聞き分けて理解するのは難しかったけれど音階はちゃんと聞き分けていました。半音も聞き分ける力があったようです。

あるとき、アニメか何かの曲だったと思うのですが、楽譜を読めるわけでもないのにメロディーを人差し指一本で弾いていたことがありました。姉たちがピアノ教室に通っていて、その練習についていっていたせいもあるかもしれません。

1年生の頃に「翔太にもピアノ教えてよ」と先生にお願いしたことがありましたが、「言葉が通じるようになったらね」と言われていました。

そして、3年生の3学期。大丈夫、多分もう言葉は通じる！　今がチャンスと先生に再度お願いしてピアノも習い始めました。

最初のうちは私も何回かついていっていたのですが、大らかな先生で、そのうち「お母さん来なくていいよ」と言われて、お任せに。

緊張で力が入るのか指はピーンと伸びて、鍵盤に叩きつけるよう。両肩を引き上げて体はカチンコチンに。

レッスンが終わると大きな息をして「指が痛い」と言っていましたが、「やめる」とは言いませんでした。


自分が好きで始めたことではなくても継続していれば、楽譜が読めるようになり、両手で弾けるようになり上達します。

上達してくると好きなことに変わっていきます。


それから20年以上。

翔太は「ピアノの音が好きなんだ」と、就職してからも自分の給料からレッスン代を払って続け、数年前に先生が教室を閉鎖されるまでピアノを習っていました。

Family
Column
2

Fucoママが語る
母より先に父を呼んだ日

小さい頃から私にべったりだった翔太。

でも、「お母さん」と言うより「お父さん」と言ったほうが早かったんです。

あれは、翔太に言葉が出始めた5歳目前の頃。朝、夫が2階でまだ寝ているとき、階下から「おとうさーん」と言う翔太の声が！　あ、翔太が「お父さん」って呼んだ、と夫はビックリ。

慌てて階下に下りようとすると、続いて「おとうよーん」「おとうごー」「おとうろーく」。

なんと「お父さん」ではなく、数字の学習ビデオを見ていた翔太は、画面から流れてくる数字をオウム返しに「3、4、5、6 …」と言っていただけなのでした（笑）。

「おとうよーん」でずっこけた夫でしたが、最近この話を覚えているか尋ねたところ、あまり覚えていないとのこと。「お母さん」より先に呼んでもらったのに、もったいない！

第 3 章

我慢強くなり
パニックとは無縁に

助詞の使い分けができなくて四苦八苦

小学校4年生頃になると、指示に対する翔太の抵抗は減り、生活も基礎学習などの課題もしやすくなりました。

言葉も少しずつ言葉として機能し始めましたが、助詞ひとつで文の意味は逆転するだけに、正しい使い方を教えていかなければ、かえって邪魔になると思いました。「あれだけ喋っているのだから、わかっているはずだ」と思われ、本当は言葉がわからないためにできなかったことでも、約束が守れない、仕事ができない、あてにならない人だ、などと誤解されてしまうかもしれないからです。

曖昧《あいまい》で難しい日本語文法を、ややこしい言葉の説明を入れて教えることは彼の理解を超えています。そこで、視覚認知力が強く、パターンに強く、暗記力が強い彼に、すっきりと整えた手作りの教材で「見て、読んで、書いて」暗記させることにしました。

例えば、助詞。特に「を」「に」「で」を適切に使うことができなかったので、

「ぼくは　お父さんと　釣りをした」
「ぼくは　お母さんと　料理をした」

など正しい文を書いたものを何度も何度も音読させて暗記させました。

そして、助詞の部分を（　）にしたプリントを使って書き込ませます。

この方法で、さまざまな文型を暗記させ、動詞の語尾の変化（過去形や未来形）を学習。

さらに、質問に答えられるように、

「昨日　ぼくは　だれと　釣りをしましたか」

と言葉の並びを同じにして、どの部分を質問しているのか気づきやすいように、尋ねる部分にアンダーラインを入れたプリントを使ったり。

文字を見て、読んで書くよりも、息子は聞き取りのほうが難しかったので、読み取りと聞き取りを混ぜながらやりました。

これらの文型は、身近なところから日常会話に応用しやすくイメージしやすい例を

いくつも作りました。

短い文型ができるようになったら、主語＋目的語＋動詞と増やしていき、助詞入れをさせたり、動詞入れをさせたり。

接続詞の「だから」「だけど」を教えて、原因と結果、目的と結果の関係性をはっきりさせ、コミュニケーションをとりやすくすることも試みました。

その甲斐あって、学校の健康診断で虫歯治療の通知をもらってきたときなどは、

「虫歯になったらどうするの？」

「歯医者さんで、治す」

嫌なことも納得できるように。

一番難しかったのは「あげる」「くれる」「もらう」の使い分けで、これは今でも使い方がおかしいなと思うことがよくあります。

前の日、次の日、後ろの日

時を表す言葉もまた、翔太にとっては難しいものでした。

まず「今」がわかりませんでした。

これは、彼が話すことがいつのことなのかわからない、ということにつながります。

確かに、学校から帰ってきた彼にいろいろ質問すると答えますが、果たしてそれは今日のことなのか、以前のことなのか判断に困ることがありました。

他人との関係において、彼が言うことが本当かどうかわからない、信用できないとなったら大変です。

そこで、日常生活のなかで「今」を追求することに。協力者は2歳上の姉です。

例えば、翔太の隣で姉がのほほんとテレビを見ていたら、

「江里ちゃん、あなたは今、何してるの？」

小さい頃からこの手はよく使ったので、娘はすぐに状況を察知して、

「えっとね、テレビを見ているの」

隣にいる翔太もつられて「ぼくは？」と聞いてくれと催促します。

「あ、そっか。翔太は今、何をしてるの？」

「えっと、テレビを見ています」

この抜き打ちテスト（？）で、少しずつ「今」が翔太のなかに入ってきました。


ところが、また問題が。

「前の日」「後ろの日」がわからなかったのです。

「金曜日の前の日は何曜日ですか？」という質問に、翔太は胸を張って「土曜日」。

「火曜日の前の日は何曜日ですか？」には、自信満々で「水曜日」。

「火曜日の次の日は何曜日ですか？」にも「水曜日」。

おかしいなぁと思って、

「火曜日の後の日は何曜日ですか？」と聞くと、「月曜日」と自信たっぷり。

あぁ、そうか。そういうことか！　ようやく気づきました。

彼にとって「前」は常に前進。だから、火曜日から前進したら水曜日になるわけです。「次」はわかったみたい。「後」は過ぎた過去という理解だったのでしょう。

あてずっぽうで言っていたわけではなく、理論的な考えで答えていたのでした。なんて賢い！

空間の前後がわかっているから、時間の前後もわかっているだろうと思っていましたが、これは私の大きな間違い。

これから先の未来のことを「後日」と言ったり、昨日のことを「先日」と言ったり。もう終わったことなのに「先日」。改めて考えてみると理屈に合いません。

そんなことを考えずに使っていましたが、語句の意味からすると翔太のほうがずっと理論的に考えていたのです。

それに気づかなければ、どうしてわからないの？　となっていたところでした。言葉学習には、彼がどう理解しているかを見抜きながら進める必要があったのです。

それからは、言葉で説明してわからせようとせず、カレンダーで例を示したり、指差ししながら視覚的な手がかりを入れて教えました。

それにしても、今までずっと「後で！」と言われて待たされるたびに、彼はどんな思いでいたのでしょう。反省しきりの母でした。

算数は
タイルをフル活用

算数は、トモニ療育センターに通うようになって、タイル算を取り入れました。

計算もタイルを合わせて足し算、切り落として引き算という具合です。翔太も視覚的に理解できるので、繰り上がりや繰り下がりもわかりやすかったようです。

ただし、言葉が絡んでくると途端に難しくなりました。

助詞の使い分けができなかったので、「2と3でいくつ?」「2が3でいくつ?」の違いに気づかなかったり。

算数は答えにはっきりと結果が出るので、彼の言葉の問題点にも気づけます。

「算数で、言葉を教えるのです」と河島先生がおっしゃる意味が理解できてからは、文章問題にも丁寧に取り組むようにしました。

そして、かけ算とわり算。

九九は理屈抜きでリズムで暗記させせました。呪文のように繰り返し言わせせることで覚えさせたのです。

視覚的にかけ算の原理がわかる、縦×横＝全体をタイルで表した面積図タイルカードも利用しましたが、このカードはわり算でも役立ちました。

とはいえ、タイルはあくまでも原理をわからせるためのもの。あとは生活のなかで必要な計算ができるようにならなければ、役に立ちません。

河島先生のアドバイスに従い、4年生になってから計算問題は市販のドリルを利用するようにし、それまで1問解くのにも時間がかかるからと6問程度しかしていなかった問題を25〜30問と量も増やして取り組みました。

普通の子が20問も30問もして覚えていくことを、彼に身につけさせるには、その何十倍もしなければならないからです。

その結果、翔太の毎日の基礎学習は1日2〜3時間に。翔太のわかりづらさに向き合いながら家庭学習に取り組んでみると、とても学校の宿題までは手が回りませんでした。

担任に事情を説明し、彼には宿題を出さないでくださいとお願いしました。これは特殊学級だから了承してもらえたことだと思います。

上の2人の姉たちは小学校の頃、これほど勉強していなかったので、翔太はすごい！　と思って見ていたようです。

ここぞ！　というときは、グッと力を入れてやりきる。

本当に、その頃の翔太はよく頑張っていました。

歯磨き、入浴はカードでパターン化

生活習慣が定着したのも、4年生の頃です。
それまでも歯を磨く、顔を洗うなどの生活習慣を身につけさせるために、小学校に上がってからは順番をひとつずつカードに書き出し、それを見ながら教えていました。磨き残しがないように順番を決めてしまって、パターン化して繰り返し、無意識レベルでもできるように。

入浴も同じで、右腕を洗ったら次は左腕を洗うなど順番を決めて、ズラッとカードに書き出していました。それをお湯がかかってもいいようにラミネート加工して、お風呂場に貼っておいたのです。

翔太は読めないので、彼のためではありません。私が入れたり、夫が入れたりするので、誰が入れても彼に入浴手順が定着するまで、同じ順番で繰り返す必要があったからです。

手順表を見るように声かけしたり、同時進行で手本を示したり、手を添えて教えていきました。

2年生から始めて、定着したのは4年生くらい。タオルに石けんをつけてなでているだけのようなところもありますが、自分ひとりで全身洗えるように。

2年生の頃から私は一緒に入浴することをやめました。女の子だったらずっと一緒に入っていたでしょうが、男の子なので。入浴指導は父親担当に。

夫も入浴指導は父親の分担と考えてくれていましたが、ある日、夫が留守のとき「お父さんはいないから、ひとりで入って。4年生だから」と奮い立たせて、ひとり入浴をスタートさせました。

当初は洗い残しもあって、顔についた墨が薄く残っていたりもしましたが、少しずつ改善していきました。

「なんだ、翔太はもうお風呂入っちゃったのか」

そんなことが何日も続き、息子と一緒にお風呂に入る楽しみがなくなった夫は少し寂しかったかもしれません。

料理で偏食改善、基礎学習も生きてくる

幼少期には、ひどい偏食だった翔太。それが改善されたのは料理のおかげです。小さい頃からじゃがいもの皮をむくなどお手伝い程度のことはさせていましたが、面白くなかったようで、少ししたらスーッと台所から逃げ出していました。

一品を始めから終わりまで作らせるようになったのは、1年生の頃から。時間がかかるだろうな、と思ったものの覚悟を決め、包丁に手を添えて切らせることからスタートです。でも、台所から逃げ出すことはなくなりました。

包丁も火も怖かった彼ですが、私が手を添えて教えていくうちに平気に。玉ねぎを切っているときに、指を切り「あ！」と固まってしまったことも。血が出ている指を見つめて「切っちゃった」とティッシュを取りに走っていきます。

私がばんそうこうを貼ってあげると、また包丁を持って続きを始めました。投げ出さないなんてすごい！　料理ができあがる楽しさを知ったようでした。

カレー、シチュー、ハヤシライス、コロッケ……7人家族だったので作る量も半端ではありません。最初のうちはカレーを作るだけで4時間かかったことも！

でも、翔太に「ぼくが作ったよ。おいしい？」と聞かれると、みんなが「おいしい！」。これには彼もニッコリ。頑張ったことを褒められるって嬉しいものね。

それに何より自分が作ったものはおいしい！

いつしか偏食もなくなっていました。

それまで不定期に週1回程度の取り組みだった料理を、4年生になってからは「金曜日は料理の日」と決めて、買い物から後片づけまで任せることにしました。

メニューは私が決めて、レシピと材料チェック表を翔太に渡します。

何が家にあって何を買わなければいけないかを私と一緒に確認。買うものに印をつけたチェック表とお金を手提げ袋に入れて、私とスーパーへ。

買う食材を探すのも、レジへ行くのも彼ひとりで、私は遠くから見守るだけ。

算数同様、お金の学習もタイルを使ってしていたので、実践というわけです。

最初はちょうどのお金がないと支払えなかったり、お釣りの意味がわからなかったりしましたが、そのたびに机上でのお金学習に取り組み、実践を繰り返しました。

レシピを見て作るという作業には、グラム数やセンチ、何シーシーなどものの量をはかり、理解する力も必要になってきます。これも基礎学習で実測させながら目盛りの読み方、単位換算、計算などができるように取り組みました。

10分煮る、5分蒸らすなど時間指定がある作業には、自分でタイマーをセット。タイマーが鳴ったら、それだけ止めて火は消さないなどの失敗もありましたが、回数を重ねるうちに同時に止められるように。

こう考えると、料理には生活のなかで役立つことがたくさん詰まっていて、生きていくための基礎学習を実践で使えるようにする練習にもなりました。

スープを作ると同時に盛る食材の準備をするなど並行作業がある「中華そば」を作ったときは、買い物からできあがりまで2時間半くらいかかりましたが、「へい！お待ち！」とラーメン屋の店主のように家族に運ぶ彼の顔は自信で輝いていました。

家事の手伝いは「翔太にお任せ」

幼児期の翔太は不器用で、体の動きはぎくしゃく、手指も上手に使えませんでした。河島先生からは「手を磨きなさい」「使える手にしなさい」と言われたので、ビーズのれん作りや折り紙、はさみ、運筆などの取り組みで手を積極的に使わせました。手で操作したことは身につきやすいし、仕事にもつながります。

不器用だから、と使わせずにいるのは、彼の可能性を取り上げてしまうことに。

また、この教えは体全体を手に見立て、左手も熟練すれば右手になる——つまり、いろいろなことができない、使い方の感覚がつかめない状態を左手とすれば、訓練することで体全体が右手のように上手に使えるようになる、ということでもありました。

家事では、1年生のときから洗濯物をたたむことを翔太の仕事にしていました。

初めの頃はタオルをたたむことさえできませんでした。どこを合わせればいいかわからないからです。

机上学習の折り紙課題で角や線に合わせて折ることを同時に進め、微細な手指の使い方を熟練させていくことで、家事での役立ちにつながるようにしました。

5つの子育て目標の2「役立つ人に育てる」を、家庭内からスタートしたのです。

たたむだけだった洗濯の手伝いを実際に洗うことからさせたのは、4年生の頃。

毎週、学校から持ち帰る給食エプロンと体操服を洗わせることにしました。

洗濯機の使い方を教え、干すときには布を引っ張ってしわを伸ばしてからということを私がやって見せて教えました。

そうやって乾いたエプロンにアイロンをかけることにもトライさせました。

平らに広げずアイロンじわがいっぱいついたり、ひだがつぶれてしまったり。細かい操作や力加減の調整など彼にとって難しいことはたくさんですが、実践あるのみ。

お風呂当番は姉と交替で。

掃除の仕方は私が一緒にブラシを持ってやり方を教えました。ブラシをかける順番を一定にすることで、1カ月もすると彼は覚えてしまいました。湯の温度と量は蛇口で設定できるので、40度、250リットルに合わせてお湯をためてもらいます。

翔太だけが家事を手伝うのは平等ではないので、2人の姉にも割り振り、毎月の家事手伝い当番表を作成、3枚並べて壁に貼るようにしました。

ちゃんとやったら自分で○印をつけます。1カ月終わったら○の数によって精算、その当番表で給料袋を作り、お小遣いとして渡していました。

翔太にはお小遣いプラス ゲーム特別の日を1日。○の数が35個以上になると翌月のテレビゲームの日を1日増やすということに。

1年生の頃からテレビゲームが大好きだった彼は、ゲームをする日は1がつく日（1日、11日、21日、31日）だけという約束になっていたからです。

○印を入れるたびに1、2、3と数えては「あと○個だ」と35までをカウントダウン。私はそれを聞いたら「ありがとう。助かったよ」と言うように心がけました。すると「どういたしまして」と、彼の声が返ってきます。

姉たちが中学生、高校生になると部活などで帰宅時間が遅くなり、一番よく働くのは翔太に。

電気製品を使うのが好きで使い方もすぐ覚えるので、勉強部屋と自分の寝室に掃除機をかけさせたり、当番日以外でも炊飯だけは頼むことにしたり。

「6時半に5合ご飯を炊いておいて」

「はい、かしこまりました」

家業を手伝っていた私にとって、大助かり！

そのほかにも、花の水やりや仏壇にご飯をお供えするとか、お使いに行ったりとかという調子で頼むと、

「あ、そうだ。〇〇してくれる？」

「うん、いいよ」

すぐに動いてくれるのは、翔太です。お姉ちゃんたちは腰が重い！

姉たちは子ども扱い、翔太は大人扱い

翔太が3歳くらいのとき、

「スケートに行きたいけど、翔ちゃんおるけん行けんのよね」

6歳上の姉・可奈子がぽつりと言ったことがありました。

ハッとしました。

姉たちにこんなことを言わせるなんてダメだ。弟のせいでできなかったなんて思わせたくない。

それからは姉たちに我慢させないよう、家族5人でスケートや映画に行くようになっていました。


トモニ療育センターでは、きょうだい児との関わり方についても学びました。

翔太には、6歳上と2歳上の姉がいます。

あまり多くのことはできなかったのですが、心がけていたことが3つあります。

1つは「お姉ちゃん」と呼ばないこと。

なぜかというと「お姉ちゃん」と呼ぶことで、無意識にお姉ちゃんだから我慢して、お姉ちゃんだからできるでしょ、という意識が働いてしまうからです。

言った私だけでなく、言われた姉たちもそんな気持ちになってしまいます。

でも、きょうだいは対等。生まれた順番に関係なく、名前で呼ぶようにしました。

幼児期は「翔ちゃん」と呼んでいましたが、小学生になってからは「翔太」です。

2つめは「姉たちは子ども扱い、翔太は大人扱い」すること。

翔太の発達年齢が遅れていたので、きょうだいの成長には大きな差がありました。なので、姉たちは子ども扱い、息子は大人扱いすることできょうだいの立ち位置がちょうどよくなるからです。

それに、まだまだ親の助けが必要な時期の娘たちを大人扱いしてしまうと、弟のことで大変そうだから、と助けを求める機会を奪ってしまいそうな気がしていたこともあります。

翔太に関していえば、発達が遅れていたので、実年齢よりも話し言葉も行動も幼稚でした。意識していないと、ついつい実年齢より下の扱いをしてしまいがちに。例えば、小学生なのに幼児語で接するなどです。幼児扱いしていると、いつまでたっても息子の幼稚っぽさは抜けません。

意識して大人扱いするようにしました。

言葉も「ですます」調、大人の言葉遣いで接しました。

親子の会話を聞いた知人に「他人行儀な話し方をするのね」と言われたこともあります。でも、使い分けが難しい彼には、誰に対しても不都合がない丁寧な言葉を教えておくほうがいいと思っていました。

5つの子育て目標の1「人に好かれる人に育てる」ためには、話し方や挨拶も欠かせない要素でしたし、3の「一般企業で働く」にも役立ちます。

おかげで、近所のおばちゃんたちから「言葉がきれい」「挨拶をよくしてくれる」などと褒めていただくことがあります。

3つめの「姉たちとだけ過ごす時間をつくる」は、滅多にできなかったのですが、たまにそんな時間があると、とても嬉しそうでした。

長女の可奈子は4歳まで母親を独り占めできた時期があったし、息子が小学生になったときには中学生だったので、親よりも友だちと遊ぶほうがよかったようですが、部活でブラスバンドをやっていたので、コンテストや演奏会には必ず行きました。

次女の江里子は2歳になったときに弟が生まれたので、私と2人だけの時間はほとんどとれなかったのですが、彼女がしたいこと、行きたい場所には息子も連れていき、3人で行動していました。

母親を独り占めすることはできなかったけれど、一緒に行動する時間は長女よりも多かったと思います。

翔太が小学生のときは家庭療育に一番力を入れていた時期なので、姉たちとだけ過ごす時間は実際なかなかとれませんでしたが、勉強や家事に頑張っている弟を見て、その存在を自然に認めていたようです。

弟に障害があることは知っていたけれど、それを隠したり恥ずかしがったりすることはありませんでした。

ぼくのお父さんは60歳!?

小学校に上がっても、翔太は親子、兄弟（姉妹）、祖父母、叔父叔母（伯父伯母）、いとこ、夫婦などの関係がわかっていませんでした。

「お父さん」「おばあちゃん」など、同居家族内で自分から見た関係（呼び名）がわかっているだけ。

年上、年下の意味もわからず、家族の年齢を尋ねると「おじいちゃんは82歳、おばあちゃんは114歳」など年齢の上下もあやふやでした。

当時まだ40代だった夫の年齢を60歳くらいと言ったときは、さすがのお父さんも笑うに笑えず……。

これには家系図を作り、「ぼくの家族」について、翔太から見た関係や年齢の比較などを理解させることにしました。

家系図を見ながら「ぼくの家族は？」とぐるっと線で囲んだり、「おばちゃんちは」と伯母家族を線で囲んだりして、視覚的ヒントを与えながら教えました。

また、年齢についてもわからせたいと思い、家族の年表も作りました。

1年ごとの罫線を入れ、各人の年齢をグラフのようにしてタイルで示したものです。10歳には10年の、84歳には84年の歴史があることも教えたくて、義父母や私たち夫婦が結婚した年も記入。

翔太のタイルは10、祖父のタイルは84。年齢を視覚で読み取ったことで「ふ～ん、すごい！」と感心していました。

家系図はじっくり見られるようにトイレに貼りました。

家族の年表は壁に。各自の氏名と生年月日を入れ、色分けしてあるので、誕生日が来るたびにタイルを延ばしていくようにしました。

タイルの色つけは翔太の担当でした。

裁縫は元職人が根気よく指導

5年生になって家庭科の授業が始まると、裁縫もするようになりました。

「翔太くんは上手ですねぇ。名前の縫い取りもうまいですよ」

交流学級の先生からそんな連絡をいただいて、どれくらいできるんだろうと楽しみにしていました。家庭学習では何もしていなかったからです。

お手玉を途中まで縫っていく宿題が出たので、ワクワクしながら縫わせてみるとギョッ！　まるで畳を縫うときのように、表からブスッと一針刺しては針を抜いて、また裏から一針ブスッと刺すといった具合。

若い頃、和裁が仕事だった私としては許せない縫い方でした。

絶えず「使える手にしなさい」とおっしゃっていた河島先生にそのことを伝えると「こういうことは職人に習わなければダメ」とのこと。

あ、そうか。私、職人でした……。

ブスッブスッと突き刺す縫い方を定着させたくないと思い、私が使っている道具と同じものを用意して、運針練習をすることにしました。

指貫に針を当てて縫うのは難しいものです。

上手に針もつかめない翔太に、左手にたぐりよせて持っている布を少しずつ出しながら右手の針運びに合わせて手を上下させて……と言葉で説明しようとしてもしきれない動きはたくさん。

手本を見せてみると「お母さん、すごい！　スーパーミシンみたい」などと感心している息子。

見ただけではわかりにくいので手を添えて教えようとしましたが、こんな細かい作業は手を添えると取り上げてしまうような形になります。

結局、ゆっくりと一針ずつ手本を見せ、声をかけ、たまに手を出して補助しながらの指導になりました。

週に2回程度の課題として取り入れた結果、中学1年の夏休みには自分の学生ズボンの裾のまつり縫いができるように。継続は力なり！

翔太は犬だったの？事件

「車ぼこぼこ」事件以降、大きなトラブルはなく、対人関係による小さないざこざもなくなってきたと安心していた頃、翔太が友だちに噛みつくという事件が起きました。

相手は転校生でしたが、幼い頃からの顔見知りでもありました。

なので、翔太に対して親近感があったのでしょう。そばに来ることが多かったようです。

でも、翔太はどちらかというとうるさくつきまとわれたりするのは嫌い。

友だちに近寄られることに過敏になっていて、持ち物に触られたりすると、反撃行動として「噛みつき」を始めました。

そのことをトモニ療育センターの個人セッションで相談すると、「どうしても嫌なことや生理的に合わないものは誰にでもある。それを好きになれとか、我慢しろとは言わなくていい。頭からダメと禁止し、押さえつけて止めるのではなくて、彼が内面的なところから自分を控えることができるようにしていきましょう」と言われました。

そこで、翔太には「人に噛みついたりするのは犬よ。人間はそんなことしない」と教えることに。

そして、嫌なことをされたときは「やめて」と言うように教えました。

就寝前の読み聞かせのとき、本の中に犬がぬいぐるみをくわえていくシーンが出てきたので、

「ほら、やっぱり噛みつくのは犬よ」と私。最初は笑っていた彼も、

「あなた、噛みついたとき、犬になってたんでしょう？」

「えぇ、違うよ。なってないよ」

「だって、人間は人に噛みついたりしないもの。あなた、しっぽ出てなかった？」

「え〜、出てないよ。ぼく、犬じゃないよ」

だんだん真剣になってきます。からかい甲斐があるなぁ、と内心くすっと笑いながら、こういう導き方ができるようになった彼の成長を喜びました。

犬になりたくない彼は噛みつかないことを誓いましたが、怒りながらも「やめて」と訴えて自制できるときもあれば、できずにカプッと思わずやってしまうこともありました。

担任から「犬になったよ」と言われると「ごめんなさい。紳士になります」と慌てて言うこともあったそうです。

連絡帳でそのこと知った私。

「そっか、翔太は今日、犬なんだ。晩ご飯はドッグフードかなぁ」

「やだ……やだよ。ぼく、人間がいい」

どうやら「犬になった」作戦は成功したよう。

でも、「犬はみんな噛みつく」なんて、犬に失礼な話なので途中からは野良犬にしました。

「やめて」と言えるようになった翔太は、パニックも起こさないようになり、トラブルもなくなりました。

電車やバスにひとりで乗る

5つの子育て目標の5「可能な限り自由に生きる」。

そのためには、彼ひとりで行動できることを増やしてあげること。なかでも、ひとりで自分が行きたいところへ行けるように外出の練習をすることは必要でした。

「もう少し大きくなって思春期になると、お母さんとべったり一緒に出かけるなんておかしくなるし、彼自身が嫌がるようになります。子ども料金のうちにひとりで交通機関を利用する練習をしなさい」

将来、翔太が運転免許証を取得することは不可能だろうと思っていたので、公共の交通機関で移動手段を得ることは必須。やらなければと思いつつも、自家用車の便利さに慣れていた私の心に、河島先生の言葉がグサリと刺さりました。

母親から離れてひとりで行動したくなったときに、彼を信頼して送り出せるよう、今できることはしておかなければ！

それからは翔太と一緒に電車利用を始めました。家が郊外電車の駅の近くなので、家族で映画を観に行ったり、夫と翔太で散髪に行ったり。

外出グッズとして持たせたのは、財布と腕時計。

まずは切符を買うことからスタートです。

いつも車移動だった私も、自動券売機はじっと見なければわからない状態。とりあえずすべて口頭で指示しました。「松山まで行くよ。お金を入れて、子どもボタンを押して、松山を押す」とひとつずつ指差ししながら教えます。

でも、お金をいくら入れるかが難しいのです。

券売機のボタンには大人料金しか表示されておらず、その上にある路線の略図に子ども料金は赤で書かれていました。あちこち見なければなりませんが、彼には子ども料金はそこを見るように教えました。

何度か買っているうちに、よく行くところの料金は覚えたようでした。

当時の翔太は独り言が多かったので、

「電車のなかでは独り言を言わない」

「ひとりでゲラゲラ笑ったりしない」

これらを約束させ、私は彼と離れたところに座るようにしました。

自分の隣に知らない人が座ると、ちょっとかしこまった表情になる翔太。少しうつむき加減になり、時々パッと顔を上げて私と目が合うとフーッと息を吐くようにしてニコッと笑います。

いつも睡眠不足だった私は、ついうとうとと居眠りをしてしまうことも。母親がそうなると翔太は俄然、自分がしっかりしなきゃと思うのか、居眠りもせず、降りる駅の手前で「お母さん、起きて。着いたよ」と起こしてくれることもありました。

券売機で切符を先買いできる電車は順調に練習できましたが、ワンマンバスは困難でした。

乗車料金を知るには、整理券の番号と電光掲示板の料金表をマッチングさせる必要があります。料金表示は次々と変わっていくし、自分が降りるバス停名が表示されないときも。おまけに、子ども料金の表示はなく「大人料金の半額。10円未満の端数があるときは、10円単位で切り上げる」。

電車の切符はお釣りが出てくるけれど、バスは両替してからちょうどの金額を支払うシステムだし。乗り慣れたところまでならなんとかなりそうでも、初めてのところとなると難しいと痛感しました。

マイカー移動を続けていたら、気づかないことばかりです。

ほかにも利用してみないとわからないトラブルがいっぱいありました。

でも、解決しなければ先には進めません。それに、トラブルを起こすなら大きくなってからより小さいときのほうがいい。

利用の仕方を教えるだけでなく、ひとりで外出させるとなると、お金の使い方、時刻表を見て移動時間を考え目的地に時間どおり着くこと、わからないときや困ったときにどうするかということなど、教えることは山ほどありました。そのつど、家庭学習で基礎的な部分を教えながら外出訓練で試すことを繰り返しました。

彼が、行き慣れたところならひとりで出かけられるようになったのは中学生になってから。外出時には携帯電話を持たせるようになりました。

完璧主義だったのに「まあ、いいか」と言えるように

できることだけを褒めて学習させていると、いつしか100点や花丸に執着し、×がつくと激しく怒り出していた時期が翔太にはありました。

完璧にはできないのに、完璧主義だったのです。

もうすぐ5年生になるという、ある日のこと。

トモニ療育センターへ行くために、特急バスに乗ろうとバス停のベンチに座っていました。8時37分に来る予定だったのに、バスは来ません。

翔太は自分の腕時計を見て、私の腕時計も見て、

「バスは?」

「来ないねぇ。バスは遅れることもあるのよ」

「うん、そうね。まっ、いいか」

トモニ療育センターでのセッションは、1から100までの数字並べの課題。10×10の数字盤に並べていきます。

彼は1個ずつ数字のコマを取って、順番を飛ばさずに並べていました。

すると、27がありません（実は高橋先生がわざといくつか隠していたのです）。がちゃがちゃとコマを探していきます。

「なくなってる」

ぼそぼそ言いながら彼は次の28を探して、数字並べを続けました。

その後もいくつかない数字はありましたが、「順番じゃなきゃダメ」と完璧主義だった翔太はどこへやら。少し探して見つからないと、

「んん……なんか足りない。……まあ、いいか」

そうつぶやきながら100まで並べたのでした。


同じ日に2回も翔太の口から出た「まあ、いいか」。

これは彼にとってものすごい心の成長でした。

バスが来ない、数字がない。そのことに怒ったり、パニックを起こして先に進めな

くなるのではなく、目的から外れずに最後までやり遂げる。

そんな心が翔太に育ったのです。

先生方も「すごい！」と私以上に興奮して喜んでくださいました。


社会に出ると、予期せぬことがしばしば起こります。想定外のことが起こったとき「まあ、いいか」と思えれば、自分が一番ラクになります。


6歳上の姉・可奈子が小学5年生のときの個人面談で「目標を高く持っていない、そこそこで満足しているから伸びない」というようなことを先生から言われたことが。私は「本人は幸せだと思いますよ」と言い返したことを覚えています。

ここまでできないと満足しないというのと、ここまでできたからＯＫ！　と思うのでは、本人の幸福感、しんどさがまったく違うからです。

きっとこれも翔太を育てて、気づいたこと。

彼がいなければ、子どもと共に育つ「共育」ではなく、勉強勉強とうるさく言う「教育」ママになっていたかもしれません。

中学校はどうする？
2度目の分岐点

翔太が6年生になる直前、中学生になっていたすぐ上の姉・江里子から、

「翔太は中学生になったらS中（江里子が通っている中学校）の普通学級へ行くん？」

と尋ねられたことがありました。

普通学級では無理だろうと決めつけていた私は、普通学級ではわからないことだらけだから特殊学級へ行くことにしていると答えました。すると彼女は、

「普通学級でもいいんじゃない？　翔太はいっぱいいろんなことがわかってきたし」

とつぶやいていました。

そのことを日常記録の裏話として、トモニ療育センターへ提出しました。

その後のセッションで河島先生から、

「特殊学級は特殊なんです。一般的ではありません。特殊ななかでは彼の甘えた部分はとれません。音楽、体育など同等にやっていける部分があるのだから、思春期を同

年代の子と過ごす機会を与えるために、中学校は普通学級に進んだほうがいい。3年間の期間限定なのだから、少し緊張した環境、そのなかで努力することで思春期もうまく乗り切れますよ」
と言われました。

私は再び翔太の成長に歯止めをかけようとしていた自分に気づき、彼の可能性にもっと期待してもいいのだと思い直すことができました。

いじめられたり、そそのかされて悪いことをするかもしれないという不安や心配もありましたが、それらは社会に出れば起こり得ること。今から経験しておくほうがいい。期間限定の努力や、わからなくても動揺せずにその場にいられるようになることは、社会に出たときに役に立ちます。

甘ったれた部分が多かった彼には、少々苦労させたほうがいい。

中学校は普通学級に進学させよう。

夫にこのことを話すと「何かつっかえていたものが取れたような気がする」と言っ

て、普通学級進学に全面賛成。

「よし、それでいけ！」と即決でした。

江里子に、

「河島先生が『江里ちゃんの目のほうが確かだよ』って言われてたよ。翔太はS中の普通学級に行くことにする」

と言うと、ニッコリしていました。

小学校の特殊学級の担任にも、その旨を伝えました。


中学まであと1年。

特殊学級に、とのんびり構えていたので急に拍車がかかりました。

せめて小学校で習う漢字は習得させなければいけない、と漢字練習を重点課題に取り組みました。

日常使わない言葉は教える機会も少なく、彼は知らない言葉が多いので、言葉を深めていくための課題も必要です。

また、自然科学の知識も抜け落ちていたので、小学校の担任には6年生から理科の授業を普通学級で受けさせてもらえないかとお願いし、協力体制をとっていただけることができました。

ワイシャツやベルト、腕時計をつけることなどにも取り組まなければならず、私も翔太も大忙しに。

就学相談では、愛媛大学医学部のドクターに「問題もあるだろうが、普通学級進学はよいことだ」と適切の所見もいただき、どこからも思い直せなどと言われることなく、地元のS中学校への就学通知が届きました。

一番大変だったけれど一番面白くもあった小学校低学年時代。周囲のいろいろなことに気づかせるために、意地悪母さんになってわざと翔太に苦労をさせた高学年時代。夫もPTA活動に積極的に参加、陰に日向にサポートし続けてくれた6年間でした。

中学では保護されない環境で、荒波にもまれて逞しくなってこい！

Family
Column
3

長女・可奈子が語る
翔太の「犬が苦手」克服作戦

小さい頃から犬が苦手だった翔太。

両親は「苦手なことには慣れろ」がモットーだったので、うちでも犬を飼えば克服できるんじゃないかと、父が子犬をもらってきたことがあります。

子ども時代、私と江里子、翔太の3人で子犬を散歩に連れていったときのことです。

子犬が止まっても待つことができない翔太は、無理に引きずっていこうとしたり（江里子も一緒になって引きずったので、肉球が血だらけに！）、子犬より前に歩いていってしまったり。

焦って「ダメダメ！」と言いながら翔太を追いかけた覚えがあります。

結局最後は「犬がかわいそう！」と言って、私が子犬を抱えて散歩することに。

今から考えると、子犬にしてみればそれも迷惑な話だっただろうなと思います（笑）。

第4章

中学は普通学級へ
――荒波にもまれて、逞しく成長

体じゅうアンテナ状態だった入学式

中学校の入学式はドキドキでした。

小学校の卒業式は何度も練習をして本番を迎えますが、中学校の入学式はぶっつけ本番だからです。

しかも、彼には小学校の入学式で来賓祝辞の最中に「静かに〜!」と叫んでしまったという黒歴史が。

もちろん、当時からは比べようもないほど物事を理解し落ち着いてきていた息子ですが、やはり式という改まった行事には緊張しているようでした。

体育館でクラス確認して受け付けをすませると、翔太は3年生に誘導されて教室へ向かいました。

彼のクラス担当の女の子が、次女の江里子の友だちだったので「よろしくね」と頼むと「OK！」。地元ならではの心強さです。

同じ小学校の交流学級の子たちも半数ほど一緒だし、クラスにも知っている子が半分くらいいたので、翔太に不安そうな様子はなく一安心。これなら付き添わなくても大丈夫だろうと思った私は式場の父兄席へ。


30分ほどして入学式が始まりました。

新入生たちは拍手に迎えられ、クラスごとに体育館後方から入場。

新入生は252名8クラスで、息子は1年2組でした。

クラスを知らなければどこにいるのか見逃してしまいそうなか、ほかの男子たちと同じ詰め襟の学生服姿の翔太がきりっとした表情で入ってきます。

式の前に教室で説明はあったでしょうが、その頃の彼は耳に入ってきた言葉を理解するのはまだまだ難しい状態だったので、先生の説明もすべてはわかっていなかったと思います。

でも、集団のなかでまったく目立ってない！

これは、周囲を見て自分がどうすべきかを判断して行動できているということです。

式の後、翔太の教室へ行くと、担任が数枚のプリントを配り、説明していました。

「○○のプリントを出してください」と先生が言うたびに、ちらっと横の子を見ては同じプリントを出している翔太。

クラス全員に向けた担任の説明だけでは、彼は理解しきれないはずです。

でも、目を見張り、体じゅうアンテナ状態で周囲の動きをキャッチ、判断しようとしていました。わからない、と騒ぐこともありません。

大丈夫、この分ならいける！

そう思えた、中学校生活のスタートでした。

友だちと一緒にテニス部に入部

中学校は全員部活参加制をとっていたので、翔太も何かの部に入らなければなりません。彼に何ができるだろう？　できれば運動をさせたいけれど、運動部は無理だろうなと私は決めつけていました。

ところが、意外にも翔太自身から「ぼくはテニス部に入るよ」と報告が。

小学校の交流学級で仲良しだった友だちのKくんと部活見学に行き、一緒に入ろうとなったようでした。

テニス部といえば、当時の一番人気で、学校一の部員数を誇る花形部活。彼の学年だけでも17人います。だから、きっと翔太はボール拾いと草むしりしかやらせてもらえないだろうな、と思いつつも、彼の選択を応援することに。

ラケットはすぐ上の姉の江里子から譲ってもらい、毎日スクールバッグとスポーツバッグ、ラケットの大荷物を抱えて通学。

入部当時は、Kくんがいつも翔太を励ましてくれて練習していたようです。

幸い、顧問の先生も入部を歓迎してくださり、「彼が部活を楽しみに毎日来てくれることが嬉しい。彼はムードメーカーなんですよ」と言ってくださいました。迷惑もいっぱいかけているはずなのに、プラスに受け止めてくださってありがたかったです。

「いっぱい走ったんだ。あ～、疲れた」と帰ってくる息子。でもサボったりはせず、週末や夏休みでも部活のある日は休まず通っていました。

先生と友だち

当時はまだ、自閉症という障害がまだまだ一般的に認知されていない時代。翔太が進んだ中学校も、自閉症のことは何もわからないという先生ばかりでした。

そこで、翔太のことを知ってもらうために、トモニ療育センターで毎年書いて提出していた家庭生活記録や学習課題記録などのレポート6年分を「家庭でこういう取り組みをしてきました」と渡してありました。口頭であれこれ説明するよりわかりやすいと思ったからです。

先生方が生徒たちに翔太のことをどう説明されていたかはわかりません。私たちからは特に同級生たちに説明することはしませんでした。

同じ小学校から進学した子たちは、自閉症と具体的にはわからなくても翔太に障害があることは知っていたし、ほかの小学校から来た子も翔太を見れば障害があることはわかるから、同級生同士で「翔ちゃんはちょっとね……」という話になっていたかもしれません。

でも、1年のときの担任は「自分も勉強しながら彼と接していきたい。わからないことが多いので教えてほしい」と、積極的に迎えてくださいました。

小学校時代は、どちらかというと女の子のほうが息子に好意的で、よく助けてくれていました。でも、中学になると一変して、同性同士のつきあいが中心になってきます。彼から女子生徒の名前を聞くこともなくなりました。


2学期になり、学校生活にも慣れが出てきた頃、彼に接する男子生徒が増えた半面、からかい半分の子も増えてきたと担任に聞かされました。からかわれて興奮気味になってしまうことも出てきたそうです。

からかわれて腹が立ち、「○○くんがガラスを割った」と嘘の告げ口をして、先生や私にひどく叱られるということもありました。

でも、これも試練のひとつ。特別に保護されない、当たり前の環境で出てくる問題にぶつかっていくことも普通学級を選んだ目的のひとつだったので、問題発生は成長へのステップと割り切りました。逞しくなれよ！　と願うばかりでした。

週2回の塾通いと硬筆習字

中学入学前の春休みから、翔太は週に2回、近所の英語と数学の塾に通うようになっていました。

学校以外の場で、私以外の人から私のやり方ではない方法で教わる経験もあったほうがいいと思ったからです。同世代の子と同じように当たり前に与えられる環境を提供してやりたい、ほかの人に任せて私が手を抜ける部分も広げておきたい、ということもありました。

その塾は、次女の江里子や翔太が通っていた合唱団で一緒に子どもたちのお世話をしてきたママ友がやっていて、姉2人も通っていたところです。いわゆる進学塾という感じではなく、子どもたちひとりひとりに合わせて教えてくれるので、翔太のことをお願いすると快く引き受けてくださいました。

通い始めて数カ月経った頃、

「きちんと教えてきたんだね。ごめんね。特殊学級だったからと侮ってた」

と言ってくださったことを覚えています。

子どものいろいろなことを面白がれる人だったので、翔太との関わりも面白がりながら、いい関係で教えてくださいました。

夏休み前のある日、その先生にばったり会ったときのこと。

「翔ちゃん頑張ってるんだけどねぇ、字が汚い」

「じゃあ、習字もみてよ」

ということで、夏休みから小学生対象の硬筆習字にも通わせてもらうことになりました。

部活があるので、翔太の行ける時間でいいよ、とマンツーマンで教えてくださり、おかげで少しずつ整った字を書くように。

習字以外のときは書くことを急ぐのか、まだまだお世辞にもきれいとは言えない字でしたが、その塾では学校の宿題もやってきたりと、中学の3年間とてもお世話になりました。

テストの目標は「0点じゃないこと」

単元別テスト、中間テスト、期末テスト……中学になると、小学校とは一転してテストだらけになります。

でも、翔太は小学校時代、特殊学級だったので、学校で筆記テストを受けたことがありません。

家庭学習で「テスト中」の設定をし、マナーを教えることから始めました。

それまで、わからないときは「わかりません。教えてください」と言うことを教えていたので、テスト中にそれは言ってはいけないことだと教えることからのスタートです。

ほかにも、できたら「できました」と報告することや、読めない字は「これはなんと読みますか」と尋ねることなどをコミュニケーションの方法として教えていたし、文章もずっと音読させていました。

これらはすべてテスト中にはしてはいけない、と教え直すことに。

でも、テスト以外の場面では、それらを使えることが大切だったので、「テスト中」という場面設定が必要だったのです。

場面によって使い分けることは、何度も何度もケース設定して教えなければ、判断して使うのがとても難しいです。

これには、小学校時代の家庭学習で、場面設定して教えてきたことが役立ちました。


テストの目標は「0点じゃないこと」！

中学に入ったときに決めていたことです。

彼が勉強でついていけないことはわかっていました。だからこそ、テストの点数で劣等感を抱かせない工夫が必要だと、トモニ療育センターの河島先生から教わっていたからです。


とはいえ、努力はしなければダメ。テスト前には長時間、勉強もさせました。

彼がテストで得るのは、成績ではありません。

目標に向かって努力すること、です。

結果はどうであれ、努力したことを評価して彼の「心を育てる」ことを私の目標にすれば、成績に悲観することもないし、彼に劣等感を持たせることもありません。

テスト当日の朝、「テスト中のマナーを守ってね」と、マナーカードを読ませてテストに臨ませました。

「テストしたよ。マナー守ったよ」と帰ってきた息子。

テストが受けられた、ＯＫ！　そんなスタートでした。

国語は漢字さえ書ければ何点か取れるので漢字練習のみ、とテスト前には1点を取るために勉強して、中学3年間で一度も0点を取らずに卒業しました。

不思議なことに、彼の学年は252名いたのに、翔太が252番になることはなく、いつも230番前後の成績を取っていました。

時には美術や音楽で70点くらいを取ることも！

ピアノや合唱団をやっていたので、楽譜が読めたのが役立ったようでした。

逆に、2点しか取れなかったこともありました。

「社会は2点だったよ」

返してもらった答案用紙を手にしょんぼりした様子で報告する翔太。

「すごいじゃない！　0点じゃない。2点も取れたんだ」

私がそう言うと、家族もみんな「すごい」「すごい！」の大絶賛。

すると、彼の顔はパッと明るくなり、

「そうなんだ。2点取れたよ」と自信満々に。

そのせいか、翔太はいつも胸を張って成績表を見せてくれました。


それは次女に対しても同じ。

彼女の友だちは「テストの点数が悪くても江里ちゃんは怒られないから、お母さん交換して」と言われたことがあったそうです。

点数が悪くても、ここがわからないっていうことがわかったんだからよかったやん。

そう言えるようになったのも、翔太のおかげだと思います。

ひとりでプール通い、映画鑑賞で涙

夏休みになると、翔太は町営プールに通うようになりました。

家から駅まで徒歩2分、電車で2駅、そこから徒歩で10分ほどのところにあります。土日の2日も付き添えば、月曜からは翔太ひとりで行けるようになるだろうと最初は私も一緒に。

小学校時代に授業で利用していたプールなので、どこに何があるかは彼もよくわかっていました。

広いプールに15人ほどがいて、翔太が知っている子もいたようですが、彼はひとりで潜ったり泳いだり。とても気持ちよさそうです。

「明日も来る？」と聞くと「来る！」。

「ひとりでも来られる？」と聞いても「来れるよ」と軽快な答えが。

何も質問しないということは、不安がないということ。

一度くらい財布をなくすことがあるかもしれないけれど、それもまた経験です。

また、家族で映画もよく観に行きました。

『千と千尋の神隠し』は、部活で忙しい長女・可奈子を除く家族4人で。

翔太はスクリーンから目を離さず、見入っていました。

その翌日は、可奈子も一緒に家族5人でスティーヴン・スピルバーグ監督の『A.I.』へ。

あ、日本語吹き替えじゃない！　字幕スーパーは漢字が多いな、翔太は読めるかな、とハラハラ。

ちょっと睡魔に襲われてウトウトしたり、時々背伸びをしたり。やっぱり難しいのかなと思っていたら、クライマックスで彼が声を潜めて泣き始めるではないですか。

「悲しいよ」とつぶやいて、溢れ出る涙を拭っています。

詳細なストーリーはわからなかっただろうけれど、彼は十分に感じ取っていたのです。むしろ、言葉に頼らない分、感じ取ったものは大きかったのでしょう。

夜、映画の話をすると、「字は読めなかったよ」と言っていましたが、デイビッドがロボットだったことも彼の切ない気持ちも翔太は全部わかっていたのでした。

「もう、いい加減にしてよね」翔太に怒られるようになった母

部活があるときの帰宅時間は午後6時半頃、部活後に週2回塾がある日は午後8時頃と、小学生時代に比べると家庭学習する時間は激減しました。

翔太が中学2年になると、私も仕事量が急激に増えたので彼と関わる時間が取れなくなってしまいました。

それでも彼は乱れることなく、過ごせるようになっていました。

もともと「お母さん、あれ覚えとる？　お母さんはすぐ忘れるんやけん」と娘たちに言われている私。

「え？　なんか頼まれてたっけ？」と言うことはしょっちゅうです。

そんなある日、翔太から、

「お母さん、あゆみ（計画帳）買った？」

「あ、ごめん。忘れた」

「もうないんだよ。もう、いい加減にしてよね」

5日くらい前から計画帳が残り少ないから買っておいてと頼まれていて、毎日「買った？」と尋ねられていたのでした。

私が忘れていたことにプンプン怒ってはいますが、幼児期のように大騒ぎにはなりません。

彼が大らかになった分、私はそれ以上にボーッと気が抜けるようになったのかも。

「まだフジ（近くの店）が開いてるから、買いに行こう」

2人で一緒に出かけました。

「10冊買っておこう」と翔太。

よっぽど母があてにならないと思ったようです。

「え～、2冊にしてよ」

「う～ん。じゃあ、2冊にするよ」

ようやく許してもらえた母でした。

修学旅行はお小遣いを残し、ゲームを購入

中学2年の秋、3泊4日で京阪神方面へ修学旅行に行きました。

小学生のときは、1週間くらい前からリュックに荷物を詰めて、入浴のとき、着替えるときなど、荷物の出し入れなどを練習しましたが、中学ではその必要はありませんでした。

というのも、中学に入る前の数年、翔太は私と一緒に年に数回、東京や大阪などへ旅行に行っていたからです。

子ども料金のうちにひとりで交通機関を利用できる練習はしていたので、その延長として、やはり子ども料金のうちに飛行機や船などの乗り方、ホテルの利用の仕方なども経験させたいと思ったからです。

これは私にとっても息抜きのチャンス。

翔太の練習のためにと言うと、誰も何も文句を言わなかったので、家のことを放り

出して大っぴらに出かけられます。私も楽しんで行っていました。

その甲斐あって、彼は交通機関の利用法とかホテルの様子などを知っているので、安心して送り出せました。

旅行中は班行動が中心になりますが、1学期の遠足で修学旅行の前準備も兼ねた、生徒だけの班行動で松山市内研修があり、そのときの彼の様子で担任にも問題ないでしょうと言っていただいていました。


翔太もとても楽しみにしていた修学旅行。お小遣いは1万4000円でした。1日タクシー研修のときの拝観料や食事の費用も含んでいます。無計画に使うと、最終日のユニバーサル・スタジオ・ジャパンでのお小遣いがなくなってしまう可能性も。

でも、最小限のお土産くらいは買っておいでと、お土産リストを書かせました。そこにしっかり自分の名前も書いていたのには笑ってしまいました。

ほとんどの子がちょっと多めのお小遣いを忍ばせていくようでしたが、彼が持って行ったのは、きっちり1万4000円。

「ただいまぁ、楽しかったよ」と帰ってきた翔太。

帰宅すると、すぐに「はい、お土産だよ」と姉たちに渡しています。

「これはぼくの」。やっぱり、自分のお土産も買っていました（笑）。

「お小遣いは足りたの？」と尋ねると、

「うん。まだあるよ」

なんと、5700円ほど残して帰っていました。

「へえ～、そんなに残ったの。全部使ってもよかったのに」と言うと、

「これでゲームが買えるよ」

彼が欲しかったテレビゲームのソフトは4800円とかで、ゲームソフトを買うためのお金を残して帰る計画だったようです。

なかなか、やるじゃん！

これには感心するやら、あきれるやらで、笑うしかありませんでした。

ちょっと騒ぎが大きかったトラブル

1年のときの担任は体育専科の女性教師で、元気はつらつの先生でしたが、2年の担任は理科専科の女性教師で、物静かだけれどはっきりした先生でした。

翔太が友だちとトラブルがあって騒いでいるときなど、彼だけの問題にせず、何があったのか事の発端から判断して対処してくださっていました。

小さなトラブルを逐一家庭に報告することはなく、中学生同士にありがちなことで彼に障害があるからという特別なとらえ方はなさいませんでした。

学期末の個人面談のときに、

「どっちもどっちなんですよ。彼が友だちに意地悪されて騒いでいるときもあれば、彼のほうから仕掛けているときもあって、そうそう大きな騒ぎにもなっていないので、『ああ、やってるな』と見ています。たまには仲裁に入ることもあるけれど、大抵の場合、そのうち子ども同士で仲直りしています」

とにこやかに話してくださいました。

ところが。

そんなある日、翔太がちょっと大きな騒ぎを起こしたことがありました。

「ただいま……お母さん、これ」

と包帯をした手を見せる翔太。

「ん？　どうしたん？」

「ガラスを割ったんだ」

「誰が？」

「ぼく……」

「なんで？」

「もう絶交だ！　って言って教室を飛び出したんだ」

「誰が？」

「ぼくだよ」

「それでガラスが割れたって？」

「だから、先生が話すよ」

その日は個人面談の日だったので、先生に聞いてくれと言います。

「翔太がちゃんと話してください。絶交って言ったのは誰？」

「ぼく……。〇〇くんが嫌なことを言ったんだ。だから、絶交って言ったんだ」

「で、教室を飛び出したのは翔太？」

「そうだよ。戸をバシッて閉めたんだ」

「バシッて閉めたらガラスが割れたん？」

「割れないよ」

「ふ～ん、じゃあガラスを叩いたの？」

「ぼくが悪かったよ。謝ったんだ」


何度も「誰が？」「どうして？」「何が？」を繰り返し聞いて、大体の状況はわかりました。

「じゃあ、原稿用紙に2枚、反省文を書いてください」

「えぇ⁉　2枚も……」

「そう、2枚。それと、ものを壊したら弁償せんといかんね」

「べんしょう?」

「そう。ガラスの修理代は自分の小遣いで払ってね」

「えっ、いくら?」

「さあ、1万円かもしれない」

「えっ、1万円?」

「100万円かもしれない」

「そんなぁ!」

「払えなかったら、刑務所行きだね」

「えぇぇ! ぼく謝ったんだ」

「謝っただけではすまないこともあるのよ」

「わかったよ。でも、どうしよう……」

翔太に反省文を書くように言って、私は面談に行きました。

先生も翔太の話だけでは事の発端が何なのかはっきりわからなかったようです。

生徒たちから聞いた状況と、私が家で翔太から聞いた話をつなげると、友だちに言われたことに腹を立てて教室を出た彼が、出た後すぐに教室に入ろうとしたら戸を閉められたので、邪魔されたと思って叩いたということのようでした。戸を閉めた子は、たまたま入り口の近くにいただけなので、何がなんだかわからなかったそうです。

彼は今、家で反省文を書いていると言うと、じゃあ、翌日、その反省文を持って教頭先生のところに謝りに行こうということになりました。

ガラスの弁償の話をすると、「じゃあ、50万円にしようか」とおっしゃるので、「50万円にすると、払えないときは刑務所行きって言ってあるんですよ」と言うと、「そうか。じゃあ、その代わりに何か仕事をしてもらいましょ」

先生も「問題だ！」と大騒ぎすることなく、ちょっと楽しみながら対応してくださるのがありがたかったです。

家に帰ると「どうだった？」と、彼は弁償のことを気にしていました。

「先生が考えておくって言ってたから、明日学校で聞いてください」

どうなったかは話さなかったので、彼は弁償が気になって仕方ないらしく、何度も「弁償はどうするのかな」と言っています。

一晩くらいはたっぷり反省して、自分がしたことを後悔してほしかったので、そのままにしておきました。

翌日、学校から帰ると真っ先に、

「弁償は、掃除をするんだよ」

と嬉しそうに報告してきました。

嬉しそうだったのがちょっと気になりましたが、彼も一晩思いめぐらし、あんなことしなけりゃよかったと思っただろうから、よしとするか。

「腹が立っても、ガラスを割ったりしちゃいかんよ」

「わかったよ。ガラスは叩かないよ。嫌なことを言われても我慢するよ」

息子はしゅんとしています。

「黙って我慢するの？　我慢なんてしなくていいよ。嫌なときは『嫌です。やめてください』って言えばいいの」

「わかった。やめてって言うよ」

翔太の反省文からの抜粋――。

いくら腹が立っても、くやしくても、叫んだり、物を壊したり、人をきずつけたりするのはいけないと言われました。

今度からはガラスを割らないようにします。そして物を壊したり、腹が立ったり、叫んだりしません。これからは言われたら怒らずにいやだと言います。（原文まま）

小学校1年生のときの「車ぼこぼこ事件」をきっかけに書かせるようになった日記。日記を書くことでその日の出来事を振り返ることができるようになってきたので、反省文を書くこともできました。

トラブルがあったときに、この手段が使えるのはありがたい、としみじみ思った出来事でした。

翔太が先生に暴言を吐いた⁉

大きな騒ぎにはなりませんでしたが、ちょっとしたトラブルはいっぱいありました。

これも2年生のときのことです。

ある日、学校から帰ると
「ぼくが悪かったよ。ごめんなさい」

と謝りながらノートを出してきます。

何があったんだろうと連絡ノートを見てみると、国語の授業中にわからないことがあって質問すると、先生に「待ってね」と言われ、彼は「早くして」を何回か繰り返した後、先生に暴言を吐いたとのことでした。

暴言？　なんて言ったんだろう？

状況がよくわからないまま息子を叱ることはできないので、担任にどんな暴言を吐いたのか、その前後の状況はどうだったのか、事情を詳しく教えてほしいとお願いしました。

国語専科の女性教師の授業中の出来事だったので、担任にも詳細はわからず、クラスの生徒たちに状況を聞いて知らせてくれました。

息子はわからないことがあると「わかりません。教えてください」と授業中によく挙手していたようで、引っ込み思案で質問できない同級生にはありがたがられているようでした。

その日も国語の授業中に息子が手を挙げ「わかりません。教えてください」と質問したところ、先生は「待ってね」と言って、すぐには答えてくれませんでした。

答えてもらえなかった息子は再度「わかりません。教えてください」。

でも、また「待ってね」。

その状況を何度も繰り返した結果、息子は、

「なんだ、その態度は。それでも先生か」

と叫んだとのことでした。

翔太には、こんな言葉は相手に失礼だから二度と使わないと約束させましたが、こ

の状況であれば、このような発言に至ってしまったことが理解できます。

担任には、彼に待つように言うときは、時刻とか授業が終わったらとか、いつまで待てばいいのか判断できるようにしてください、とお願いしました。

また、翔太には授業中にわからないことがあったら、休み時間に職員室に聞きに行くように教えたので、多分、今後は職員室へしょっちゅう行くと思います、とも伝えました。

予想どおり、彼は職員室へ質問をしによく行くようになったそうです。

言葉で状況説明することが難しい息子は、前後の状況抜きで「暴言を吐いた」の一言で報告されることもある、と私自身が再認識することにもなったトラブルでした。

テニス部を引退、スペシャルオリンピックスに出場

3年生の春、翔太が所属しているテニス部で彼が出場可能な最後の試合がありました。選手を決めて出場する大きな大会には出られませんでしたが、全員が出場できる試合や練習試合には、一緒に入部したKくんとペアで何度か出場しています。

試合の前日、Kくんから足を負傷していて試合会場に行けないと電話がかかってきました。

当日、「ぼくは試合、どうするんだろう?」と言いながら出かけて行った翔太。最後の試合なので出してあげたかったのですが、ペアで申し込んでいたため、棄権することになったようでした。

「Kくんが来なかったんだ。ぼくは試合は出なかったよ。仕方ないね。応援したんだ」

その日はずっと友だちの応援をしたと言って帰ってきました。

6月になり、

「3年生は休みだから引退なんだ」

と帰ってきた彼。

「それを言うなら『3年生は引退だから部活は休みなんだ』でしょ」と言うと、

「ああ、そうなんだ」

でも、翌日には部活動の用意をして登校していきます。

引退がどういうことかわかってないんだろうなと思いましたが、そのまま行かせました。

「今日も部活はなかったよ」と帰ってくることを1週間ほど繰り返して、3年生は部活動がもうないのだということがやっとわかったようです。

最後まで、病気のとき以外は休むことなく部活を続けることができてよかったです。

でも、部活動が終わってしまうとスポーツをする機会がなくなってしまいます。

実は2年生の頃から、学校生活が終わってもずっと続けられるものはないかと探しているなか、知的障害者を支援する国際的なスポーツ組織「スペシャルオリンピックス」があることを知り、映画『able』（知的障害のある少年2人の成長をつづったドキュメンタリー）を観たのをきっかけに入会していました。

翔太は年間を通して活動しているバドミントンと、冬季のスケートプログラムに参加。

バドミントンは1クルー（現在はターム）8回以上のプログラムで、年に4クルーほど活動します。クルーが始まると、ほとんど毎週日曜日の午前中に練習があります。活動に参加している知的障害者をアスリートと呼び、練習に参加するアスリートのほかにコーチ、ファミリー、ボランティアなど大勢の人が集まります。

テニス部だった翔太は、ラケットの扱いにも慣れていて私よりはるかに上手。

スケートも夫が上手だったので、息子が3歳頃から年に2回ほど連れて行っていたため、転ばない程度には滑れていましたが、小刻みに走るような感じでした。

2年生の冬には、氷の上で歩く練習から始まり、手の使い方、滑るときの姿勢、体重のかけ方、転ぶ練習などを専門のコーチに教わりましたが、これまでの自分の滑り方を簡単に変えることはできずにいました。

すると、翌年2月に冬季ナショナルゲームが長野で開催されるので、愛媛からも選手団を送ろうということに。

参加者を募るなか、彼は自分の意思で出たいとは言いませんでしたが、私が発破をかけて参加を決め、種目は彼に選ばせてスピードスケートでエントリーすることにしました。あとから知ったのですが、当時は希望者は誰でも参加できたのです。

参加を決めたどの子も、本人は何が起こっているのかわからないまま、親たちが盛り上がっているという状況で、猛練習がスタート。

スピードスケート用のマイシューズを買ったのはいいのですが、それまで履いていたフィギュア用の貸し靴とエッジの長さが違い、悪戦苦闘。「足が痛い」と言って練習をあまりしませんでしたが、小学生の子が血豆がつぶれても練習しているのを見て、「痛くても我慢して練習するよ」。

その甲斐あって、1カ月後には軽快に滑れるようになり、急ブレーキでシャッとストップするのもお手のもの。ひゃー、かっこいい！

2004年2月に行われた冬季ナショナルゲームで翔太は銀メダルを獲得。他アスリートの失格で繰り上げ入賞でしたが、彼はとても嬉しそうにしていました。

義務教育終了後の進路はどうする？

のんびりしていた特殊学級時代から一変、時間に追われるようになった中学校生活。大波も小波もあったけれど、言葉で理解できない分、周囲を見て判断するという注意力がついた時期でもありました。

でも、怒濤《どとう》の3年間もそろそろ終了。

中学卒業後の翔太の進路については、いろいろ考えました。

当時、翔太でも行けそうな私立の高校はひとつあったのです。普通高校を受験して、あと3年間当たり前の環境で過ごさせてみようか。電車通学も経験できるし、それもいいかもしれない。そう思っていた時期もありました。

でも、高校の教科の学習は彼にはほとんど必要ないし、成績がどうあれ進級も卒業もできる義務教育とは違って、高校になれば欠点を取れば進級も卒業もできません。学校の授業を無視することはできなくなるでしょう。そんな、学校に振り回される生活はしたくないと思うようになりました。

また、もっと先の高校卒業後の彼の進路を思うと、障害がなくなるわけではないので、障害とうまく付き合いながら社会参加していくことを考えていかなければなりません。

彼が一般企業に就職するには、普通高校卒業の肩書きをもらうより、社会参加するために「使える手」を磨ける場に身を置いたほうがいいだろうと思い至りました。

夫とも話し合った結果、夫婦の意見は養護学校の高等部への進学で一致しました。

何より、養護学校には障害者枠での求人があります。

もちろん翔太にも、みんなと同じように高校へ行って数学とか国語とか英語とかの勉強をずっとするのがいいか、養護学校で作業学習するのがいいか尋ねてみました。

「う〜ん、みんなと一緒がいいかな。高校に行くよ」と言うので、ひとつだけ行けそうだった高校の近くに行ったとき、

「あの高校だよ。でも、みんながここへ行くんじゃないんだよ。Kくんは別の高校かもしれないし、クラスにはS中の子は翔太だけかもしれないよ。それに、テストもあ

るよ。中学校と同じくらいいっぱいある」と説明しました。

それ以前に、養護学校で木工班の体験学習をさせてもらったとき、「将来の夢は大工さん」と言うほどハマってしまっていた翔太。

「養護学校は木工の作業ができて、仕事の勉強をするからテストはないよ」

「もうテストは嫌だよ。仕事の勉強するほうがいいよ」

彼の判断基準はテストの有無でした。よっぽどテストがキツかったのでしょう。

養護学校には、普通科と産業科の2つがあり、翔太は産業科を受験。産業科の定員は8名でしたが、受験生は21名いました。

数学、国語、理科、社会のペーパーテストがあり、それぞれ15分間の試験でしたが、問題はB4用紙の裏表にありました。

試験が始まると、保護者が待機している体育館に問題が貼り出されます。小学校中学年程度の問題で、これは彼にはなかなか難しいぞ、と感じました。

試験が終わって戻ってきた息子に「できた？」と聞くと、「できた。全部書いたよ」。彼にとって、全部書いたということは、「できた」ということのようです。

面接もありました。

「合格したら、ここで何がしたいですか？」と問われ、

「産業科で勉強して卒業して働きたいです」と答えていました。


合格発表の日、私と2人で見に行きました。

「産業科は8人しか合格しないからダメかもしれないけど、普通科に合格してるかもしれないよ」

「ぼくは産業科に合格するの？」

「さあ、見てみないとわからない」

彼は普通科のほうに自分の受験番号を見つけました。産業科がダメでも普通科に落ちることはないということを知らなかった息子は、普通科合格を大いに喜んでいます。

産業科と普通科の違いは、産業科は教科別の学習時間があり、普通科はそれが生活単元学習（生きるうえで必要な知識やスキルを身につけていく学習）になることくらい。作業学習はどちらの科も一緒の作業班でしていて、就職できるかどうかは科に関係ないと先輩ママから聞いていたので、問題なしでした。

Family
Column
4

次女・江里子が語る
地元中学への進学をすすめた理由

母が思い出話で、私が小学校時代に「私は『翔ちゃんのお姉ちゃん』と呼ばれることはあっても、翔ちゃんは『江里ちゃんの弟』と呼ばれることはない」と言ったことがあると言うのですが、自分自身では記憶にありません。子ども時代はすごく負けず嫌いだったので、ちょっと羨ましくて文句を言ってみただけなのかも。そう呼ばれて嫌な気持ちになったことはありません。

弟は多少文法が変でも会話ができるし、私の学年まで耳に入るほどの大きな問題もなかったので、私にとって弟の自閉症は気になることではありませんでした。ごく普通の姉と弟という関係です。

地元の中学進学をすすめたのは、同じ小学校からの生徒がほとんど行くから。学校で見かけた限りでは弟によくしてくれている人も多い印象があったので、特に心配したこともなく、特殊学級に行くほどではないと思っていたからです。

第5章

一番輝けた
養護学校高等部の3年間

木工班で作業、糸ノコ名人に

養護学校の高等部に行ったら、木工班で作業すると言っていた翔太。

入学してからわかったことですが、彼の通う普通科は作業学習の授業がメインだったので、第一希望だった産業科よりもむしろ彼に合っていました。

作業学習は、木工、ブロック、園芸などいくつかの班があり、3年間でいろいろな班を経験するというのが学校の方針でした。

でも、コロコロ変わると身につかないと思い、学校にお願いして翔太は3年間ずっと木工班で作業させてもらいました。


入学した年、文化祭を見に行きました。

翔太はステージ発表ではコーラスに出ていました。

その後、各作業班で展示即売会があったので、彼のいる木工班のスペースへ。

階段を上がっていくと、木を切るノコギリの機械音が聞こえてきます。糸ノコで実演販売をしているようで、人だかりができていました。

誰がしているのかな？　と覗き込むと、糸ノコを巧みに操って干支を切り抜いていたのは、なんと翔太でした。

彼の作業を見ていたおじさんが「ほう、職人やなぁ」。

私は自分の干支の未と夫の干支の午を注文。息子に切り抜いてもらいました。

糸ノコで繰り返し細かい作業をしていくことで、仕事ができる手を磨くことができたのでしょう。

卒業する頃には、糸ノコ名人と呼ばれるようになりました。

彼が卒業制作で作った行燈《あんどん》は、わが子ながら見事な出来栄えだと感心。今も大切に自宅に飾ってあります。

「翔太は風が描ける！」と美術部へ

入学してすぐ、翔太は陶芸部に入部しました。運動部にするかどうか息子と話し合って、今までしたことがないものを選んだのです。

ところが、下校してきた彼に部活で何をしたかと尋ねると、

「絵を描いたんだ」

何日経っても毎日答えは「絵を描いた」です。

おかしいなと思って、参観日に担任に尋ねると、陶芸部顧問の先生が忙しくて部活指導ができないので、美術部顧問の先生が部活を見ているらしいとのこと。

そこで美術部の顧問・I先生に聞いてみると、

「彼は立体より絵のほうが向いています。美術部でええじゃないですか。翔太はね、風が描けるんです！」

I先生は、美術の授業などで「ん、この子は……！」とインスピレーションを感じ

た子に、美術部入部をすすめ、指導されていたようでした。

そのI先生が翔太を絵の世界へ引っ張っていってくださったのです。


絵は7歳の頃から描いていました。トモニ療育センターの河島先生に、自由画を描かせることをすすめられたのがきっかけです。

『子どもの心と絵』（吉田きみ子著　文化書房博文社）という本に、「絵は子どもの心を発散する場所」「自由に描かせなさい」というようなことが書かれていて、あぁ、そうなんだと思った私は、まだ言葉もあまり出ず、いつも不機嫌で勝手気ままで心が休まるときがないのではないかと思うような状態の彼に、自由な思いや気持ちを発散させたくて画用紙を与えたのです。

道具の準備や使い方、片づけなどは教えますが、テーマを与えるだけで描くことに関しては一切口出しせず、自由に描かせていました。

四つ切画用紙を1日に1枚、12色の水彩絵の具で下書きなしで描かせました。どんな絵になろうと描き直しはありません。

5分で終わるときもあれば、1時間かかるときもありました。

彼は決して絵を描くことが好きではありませんでしたが、自由に描かせていたので、描くことが好きになるのに時間はかかりませんでした。

最初の頃に描いていた絵は、本当に黒く塗りつぶしたなぐり描きでしたが、次第に明るい色を使うようになって、形が出るようになって。楽しかったときの絵には勢いが出てきて。

自由画のテーマは、息子が実際に見たこと、経験したことから選ぶようにしていたので、彼が過去を振り返り、状況を再現する力や記憶する力を養っていけたのではないかと思います。

小学校でマラソン大会があったときに描いた絵は、今でも覚えているほど面白かったです（8ページ参照）。

いつもは青色から使い始めるのに、珍しく赤で描き始めた彼は「チャンチャーンチャカチャカ」と楽しそうに歌いながら筆を走らせています。赤で描いているのはマラソンコースらしく、筆でマラソンを再現して走っているようでした。

一通り描くと全面を青で塗りつぶし、再び赤で「チャンチャーンチャカチャカ……

ポッチャン！」

ん？　ポッチャンって何？「川に落ちたの？」と尋ねると、「うん」。

そのとき私は初めて、彼が走っている途中で水路に落ちてしまったことを知ったのでした。だから、ゴールが遅かったんだね。


また、小学校3年生のとき、家族でファミレスへ外食に行ったときに描いた絵もユニークでした。

息子は鉄板の上でジュージュー焼かれている大好きなハンバーグを食べました。

「おいしかった」と言うので、それを描くことに。

ニコニコしながら最初に鉄板を描いて、その真ん中にハンバーグを描いたかと思ったら、それを上から黒く塗りつぶしてしまいます。

上手に描けたのにどうしてだろう？　と思っていたら、

「食べたよ。からっぽ。おいしかった！」

彼は絵を描きながら、ハンバーグを食べていたようです。描いているところを見ていないとわからない動画のような絵でしたが、自由に描かせるとはこういうことなんだな、うまく描いてほしいと思う大人が「そこでやめたら？」と口出しすると絵をつぶしてしまうというのはこれなんだ、と思わされた一枚でした。

小学校も高学年になり、息子が常識的になると、彼の絵はダイナミックな面白さがなくなっていきました。

ふと気づくと彼の絵は日常を反映したものになり、中学になると漫画的な要素が加わって、予防注射やテニスの大会などトピックスニュース的なものになっていました。言葉でうまく状況説明ができない彼ですが、絵を描きながら話していると言葉も出やすく、状況がよくわかることもありました。

こうして9年間、100枚以上の自由画を描き続けた息子でしたが、I先生のおかげで思いもよらぬ絵の世界に入ることになり、家庭での自由画に終止符を打ちました。

緻密なタッチで大作を描く画家の誕生

翔太の描く絵に「風」を感じたI先生は、

「翔太は空気が描ける。そうだ、葉っぱを描け！」

とおっしゃったそうです。

それで彼が真面目に美術部の活動に取り組んだかというと、最初の頃はそうでもなかったようです。

運動会の練習時に腰を痛めたという息子を整形外科に連れて行き、遅れて学校へ送っていったときのことです。

事務室の前で教頭先生と話していたら、I先生が通りかかりました。

「あ、お母さん。翔太くんはいい絵を描くんですよ。今、大作を描いています。日本画風のいい絵なんです。文化祭を楽しみにしててくださいよ」

そう言ってくださったのはいいのですが、その後が意外な展開に。

「でも、彼は月曜日にしか部活に来ないんですよ」

これには私もびっくり。

「え？　なんでですか？」

「いやぁ、本人が今日はピアノがあります、今日は手伝いがありますって言って、月曜日にしか来ないんです。もっと来られるといいんですが」

「あら、ピアノも手伝いも部活してからでも十分間に合うんだけど」

横で聞いていた教頭先生が、

「あらあら、翔太くん、バレちゃったね」

慌てた翔太はもごもごと、

「ええ……そうなんだけど、ピアノが……風呂掃除が……」

「そうか、翔太。それなら運動会が終わったら毎日来い」

「あ、あ、あ……はい、わかりました。毎日部活行きます」

こうしてようやく毎日、美術部に行くようになり、I先生に言われたとおり、葉っぱを描いたそうです。

文化祭当日、I先生がニンマリしながら、

「お母さん、まぁ、彼の絵を観てきてください」

美術部展示室に入り、翔太が描いた絵を見つけたときは、一瞬息が止まりました。

I先生により『風』と名付けられたその絵は、50号サイズ（1167×803ミリ）の大作で、青い空間に大小何枚もの緑や紫の葉が風にそよいでいるものでした。

その素晴らしさに、身震いするほどの衝撃を受け、時間が止まったような感覚で彼の絵に見入りました。

「全部、彼が描いた絵です。教師が手を加えたら面白くないですからね。指導はするけど、手は加えてないですよ」

驚いている私に、I先生は嬉しそうにそうおっしゃいました。

『風』は、国際アートデザイン専門学校主催の2004年デザイングランプリのコンクールで優秀賞を受賞。

翔太もとても嬉しそうにしていました。

こうして彼は美術部にどっぷりハマっていきました。

翔太の抵抗!?「ぼくの当番は土曜日なんだよ」

中学時代は部活などで忙しかったので、翔太の料理当番を休みにしていた時期もありましたが、3年生で部活を引退した後から復活させ、毎週土曜日の夕食は彼に任せていました。

以前は、私が家族7人分に換算したレシピで作っていましたが、この頃には料理本のレシピを見て作るように。手順が順番に書かれていて、写真が入っている料理本を用意したのです。

料理本のレシピで一番難しいのは、分量です。大体のレシピは4人分の分量で書かれていますが、当時のわが家は6人でした。○÷4×6で計算させていましたが、少々とか¼カップの換算などは難しく……。計算した結果、⅜カップとわかったのはいいけれど、それを計量カップではかるとなると、また一苦労です。

結局、¼カップ入れてから味見をして調節することに。それまで未体験だった、味見をする、味の濃い・薄いを調節するということも身につけるようになりました。

彼が当番の日は、材料調達から片づけまでのほとんどをひとりでやってくれるので私はとても助かりました。

ただ、当番は土曜日と決めている彼は、私の都合などでほかの曜日に夕食作りを頼むと、

「ぼくの当番は土曜日なんだよ」と言って、あっさりとは引き受けてくれません。

ああだ、こうだと言った末に結局は引き受けてくれるのですが、

「どうせしてくれるなら、文句を言わずにやってくれたら嬉しいなぁ」と言うと、

「あっ、そう」と冷ややかなもの。

食事後、忘れずに、

「翔太がやってくれるから助かるよ。ありがとうね」と感謝の気持ちを伝えると、

「ぼくがやってあげたよ」

と、得意げに。

彼が作る料理は、料理本に忠実にだしをとって作るので、本当においしいのです。

スーパーで知らないおばちゃんに500円借りる

彼が料理当番だったある日。メニューは牛丼とあさりのみそ汁と決め、材料の買い出し専用財布とメモを持って、2人でスーパーへ買い物に行きました。

店内に入ると私と彼は別行動になります。

「お金足りる?」と聞くと、「うん、あるよ」と言っていたのですが、しばらくすると私を探しに来て「あさりが高いんだよ。お金が足りないんだ」とのこと。

500円足りないと言うので、渡すと再び店内に消えていきました。

その後、私がレジで支払いをしていると、彼も端っこのほうのレジで会計をしたようで、袋に食材を入れる前に出納帳に今日の出費を書き込んでいるようでした。

帰りの車の中で、彼は、

「500円足りなかったんだよ」と言います。

「じゃあ、これからは買い物前に持っているお金を確かめておこうね」

「うん、わかった。次からそうするよ」

そこに、私の携帯へお絵描き教室をしている幼なじみから電話がかかってきました。

そのお絵描き教室には、翔太も油絵を習いに土曜日の午前中通っています。

「今日、翔太くんはスーパーで買い物した？」

「うん、さっきしたよ。なんで？」

「あのね、レジでお金が足りなくて誰かに５００円借りたってことない？」

「買い物の途中で足りないって５００円取りには来たけど」

「さっきね、お絵描き教室に来てる子のお母さんが、スーパーのレジで前にいた子がお金が足りなくて困ってたから、５００円出してあげたって。どこかで見たことがある子だと思ったら、靴に翔太って書いてあったから、多分あの翔太くんだと思うって。翔太くんのお母さんには言わなくていいって言われたんだけどね」

「えぇ、そうなんだ。ありがとう。翔太によく聞いてみるよ」

彼に尋ねると、知らないおばちゃんに５００円借りたと言います。

さっきから「５００円足りなかったんだ」と言っていたのは、最初に私のところへ取りにきた５００円ではなく、レジでの５００円のことだったようです。

「そのおばちゃんの名前は聞いたん？　どこに住んでる人？」

「あの、その、わからないよ」

「名前も住所もわからない人に借りたら、どうやって返すの？」

「えぇ、だって……」

「返せないなら、借りたんじゃなくて、もらったことになるんだよ」

「じゃあ、返します」

「貸してくれた人のこと聞いてないと返せないでしょ。今日はお絵描き教室の先生が知らせてくれたからわかったけど、返せない人から借りちゃダメよ。お金は借りないことにしないといけないね」

「うぅ、わかったよ。もう借りないよ」

「後で先生からそのおばちゃんの住所を教えてもらうから、明日返しに行くよ」

「わかった。明日返すよ」

「それとね。知らない人にもらったお金で買った材料で料理したものは、家族のみんなは食べたくないから、買い直しておいで。翔太のお金で買ってきて」

「えぇ、ぼくのお金で……」

自分のお小遣いが減ってしまうことは心外だったみたいで、ブツブツ言いながらも近所の店へ材料を買い直しに行き、夕食を作りました。

翔太にお金を貸してくださった方の住所はわかりましたが、電車と徒歩で1時間くらいかかる町でした。彼は行ったことがない町で、地図を広げて場所を教えます。

「ずいぶん遠いね。ひとりで行ける?」

「えぇ〜、ぼくひとりで行けないよ」

「電車で行けるよ。お母さんもここへ行く道は知らないから車では行けないよ」

「でも、ひとりで行けないよぉ」

「そう? じゃあ、一緒に行ってあげてもいいけど、お母さんの電車代も翔太が出してくれる? 出してくれるなら一緒に行ってあげてもいいよ」

「ぼくが出すの……?」

「嫌ならいいよ。ひとりで行っておいで」

「出すよ。ぼくがお母さんの電車代も出すよ」

翌日、地図を持って家を探しながら2人でお金を返しに行きました。

その方は私たちがわざわざ500円を返しに来たことに驚かれました。そして、「自分の子どもと同じような子が困っていると思ったら、出さずにいられませんでした。前にも同じようなことがあって、どこの誰かは知らないけれど出してあげたことがあります。そんなたいしたことをしたわけじゃないから、先生には翔太くんのお母さんには知らせないでって言ったのよ。わざわざ返しに来なくてもよかったのに」とおっしゃってくださいました。その方のお子さんも自閉症だったのです。

でも――。

「あのまま知らずにいたら、翔太はまたレジでお金が足りなくなったときに、近くにいる誰かがお金を出してくれると思ってしまうだろうから、知らせてもらえてありがたかったです。返しに来ることができたので、翔太にもよくわかったと思います」

と、私は伝えました。

まさか知らない子にお金を出してくれる人がいるなんて想像もしていなかったので、私自身もいい勉強になりました。

翔太はといえば、大変な思いはするし、買い直した材料代と2人分の電車代で3000円ほど自分のお小遣いを使うはめになったので、二度とお金は借りない、と言っていました。

何事も身にしみて経験するとしっかり理解して身につくので、一連のこの出来事はラッキーな経験だったと思っています。

一般の高校生と同じ土俵に立って輝く

1年生のときに美術部で『風』を描いた翔太は、2年生でも50号の大作を描きました。

「今、何を描いてるの？」と尋ねると、「展望台だよ」と言っていましたが、実は学校の前の道にある電柱をスケッチブックに写生して、そのデッサンをもとにイメージを広げた作品でした。

「電柱だよ」と言いそうなところですが、彼のなかでは「展望台」のイメージだったのでしょう。

暗闇が近づき始めた、真っ赤な夕景をバックに佇む電柱。その手前に薄紅や紫、茶色がかった黄色などに色づいた葉っぱが風に乗って流れています。後ろには三日月。

高等学校総合文化祭に出品するにあたり、I先生が『秋風』と名づけてくださいました。愛媛県下の高校生から400作品ほど出品された絵画部門から優秀賞7作品に選ばれ、県の代表として2006年夏には京都で開催された全国高等学校総合文化祭に出品。文化連盟賞を受賞しました。

I先生いわく、この受賞歴と学校推薦で有名美術大学へ推薦入学が決まるほど価値のある賞なのだそうです。まあ、彼は養護学校だから美大推薦は無理なのですが。

でも、一般の高校生と同じ土俵に立って、賞までいただけたなんてすごい！

『秋風』が愛媛県の美術館で展示されたとき、翔太と見に行きました。

すると、彼の作品の前で人だかりが。

どうやら地元の高校の美術部が見に来ていたようで、先生が、

「荒削りやけど、これが本当の絵というもんぞ」

と生徒たちに言っていて、驚くやら嬉しいやら。

その後も翔太は2枚の大作を描きました。作品を仕上げるなかで、観察力、根気力、集中力、達成感、認められることの快感など、この先、彼が生きていくための強靭な心を養っていけたことが何よりだと思います。

就職したい企業の実習へ

若い熱気で激動的な学生生活を送った中学時代とは違って、養護学校高等部ではゆったりした時間の流れのなかで過ごしていた翔太。

卒業後の進路は、一般企業への就職が希望です。

1年生の頃は、岡山県の吉備市に有名な職業訓練開発校（現在の職業能力開発校）があることを知り、県外で寮生活をしながら訓練校に通うことも選択肢のひとつかな、と夫と話していた時期もありました。

でも、試験に受からなければ入れないし、入れたとしてもそこから就職活動がどうなるかもわからなかったので、いつしか立ち消えに。

その頃は就職難の時代で、養護学校への求人も少なくなっていて、親も就職先を探してくださいと言われるような状況でした。

なので、一般企業に就職させることに固執しなくてもいいんじゃないか、福祉作業所（当時存在していた障害のある人の社会参加の場）でもいいんじゃないか、と迷い始めたことも。

そんな私を叱咤激励してくれたのは先輩お母さんでした。

息子より6歳上の自閉症の息子さんのお母さんと、たまたまお話しする機会があって、迷っていることを話したら、

「何、弱気なこと言いよるん。就職できる可能性があるんなら諦めたらいかん。そっちに挑戦しなさい。作業所はいつでも行けるんやけん。何を甘えたこと言いよるん」

と怒られてしまいました。

おかげで迷いが吹っ切れて、一般企業への就職活動に戻ることに。

2年生になると現場実習が始まります。

校内での現場実習と、企業先での現場実習があり、息子は企業先での現場実習ができることになりました。

さて、どこの企業に行かせてもらうか。

希望は、家から自主通勤できて長く勤められるところです。

先輩お母さんたちにリサーチした結果、現在息子が就職している企業を候補にしました。

仕事内容がきついという点では不評でしたが、当時の情報では社員の4割近くが知的障害者で、就労支援事業にも取り組んでいたので、障害者への理解があるだろうと思ったからです。

障害者が就職しても長続きしない原因の一番は、人間関係だと聞いていたのですが、この会社に勤務している障害者の方は長く勤めているとのことでした。

息子が小学1年生のときにすでにこの会社で働いていた方（翔太と同じ自閉症でした）が先輩お母さんの息子さんで、企業先見学に行ったときに働いている姿を見かけたので、10年以上ここで働いていることも確認できました。

仕事はきついかもしれないけれど、自宅に近いし、長続きしそうというのがこの会社を選んだ理由です。

学校側の方針としては、在学中の現場実習はいろいろな企業を体験させることが基本でした。

でも、学校にお願いして、息子はこの会社に絞って現場実習をさせていただいたので、通算で3カ月くらい現場実習に行かせてもらうことができました。

ただ、現実は3年生の秋になるまで、この会社から求人があるかどうかわからない状況。

求人がなければ別の就職先を探さないといけなくなるのですが、そんなあてはありませんでした。

Family
Column
5

長女・可奈子が語る「娘と弟」の微笑ましい関係

私の娘が１歳くらいの頃です。

翔太と一緒に動物園に行ったとき、２人が同じような表情で動物を見て楽しそうにしていたり、動物の足跡の上を渡っていたり。その様子が微笑ましかったことを覚えています。

檻が高くて娘が見えにくいときは、翔太が抱っこして見えるようにしてくれることも。翔太が優しい叔父さんで嬉しかった思い出です。

大きくなった娘は、クリスマスや誕生日が近くなると、祖父母にプレゼントをリクエストしています。翔太には一度もリクエストしたことはありません。なのに、なぜかそのときに欲しかったけど祖父母にお願いしなかったものやそれに近いものを翔太が贈ってくれるので、毎回娘は大喜び。

翔太も「ありがとう！」と言われて嬉しそう。２人ともニコニコ笑顔で、微笑ましい関係です。

第 6 章

一般企業に就職し
家族とともに楽しく暮らす

一般企業に社員として採用決定

養護学校高等部の3年の秋、翔太が現場実習に行っていた企業から正社員を1人採用する、との募集がありました。

よかった〜、と喜んで応募。幸いなことに、一番長く現場実習をしていて、仕事内容も覚えているということで採用されました。

そこはクリーニング工場で、道後温泉のホテルのシーツやタオルなどアメニティのリネンを中心に扱っています。

翔太が3年生だった2006年、障害者自立支援法（現在の障害者総合支援法）が施行され、福祉作業所や通所授産施設などは、就職を目指す就労移行支援と、仕事の機会を提供する就労継続支援の2種類のサービスに分かれる形になりました。

就労継続支援にはA型とB型があります。

A型事業所は利用者と雇用契約を結ぶので、雇用保険に加入し最低賃金が適用された給与がもらえますが、B型事業所は利用者と雇用契約を結ばないため、社会保険や最低賃金などは適用されません。

息子が採用された企業はA型事業所の運営もしていましたが、彼は障害者枠ではあるものの企業の社員。給与形態は時給ですが、雇用保険、健康保険、厚生年金保険などが適用され、有給休暇もあり、残業代もちゃんと支給されます。

家族で大喜びした採用決定から18年。息子は今でもこの会社に勤めています。

仕事内容は単純作業の肉体労働なので、今後は体力的に無理になってくる時期が来るでしょうが、転職して新たな仕事を覚え、新たな人間関係を築いていくより、今の会社で働き方の相談ができたらと思っています。

勤続18年。
仕事がある日のルーティン

翔太は、朝6時前に起きてきて、体温や血圧などのバイタルチェックをします。

それから踏み台昇降運動を15分間。お医者さんに血圧や血糖値が高めだと言われたことから、以前は器具を使うほかの運動をしていたのですが、まったく効果がなく。踏み台昇降運動に変えてから体重も減って、顔もちょっとシュッとしました。

7時からは朝食。食パンを自分で焼いて、コーヒーをドリップ。カフェオレを作ります。あとは私が用意した生野菜やヨーグルトなど。最近はご飯とみそ汁の和食も多くなりました。

食べ終わったら、お弁当を確認しながらカバンに入れて出勤準備。

お弁当は2つ持っていきます。

シフトの関係でお昼休みが早く、10時前から45分間なので、夕方までお腹がもたないからです。お昼ご飯は曲げわっぱのお弁当箱、午後3時から15分間の午後休憩は、おにぎり2個とリンゴやチーズ、ゼリーなどの軽食という感じです。
お弁当はほかの家族の分もあるので、私が作っています。

勤務時間は午前9時から午後6時までなのですが、朝残業という形で1時間早く8時に出勤します。

職場までは電動自転車で15分ほど。電動自転車は自分の給料をためて買いました。

プレス機械の流れに合わせて作業するので、継続作業時間はかなり長く、当日にならないと残業があるかないかもわかりません。

行楽シーズンや夏休みなどの繁忙期は、夜11時くらいまで残業することも。

成人するまでは夜10時を超える残業はありませんと会社から聞いていましたが、成人したら夜10時、11時までの残業が当たり前になり、さすがにきつすぎるんじゃないか、これがいつまで続くんだろうと心配になった頃のことです。

翔太に「なんかほかの仕事とかしてみたくない？　探してみる？」と聞いてみたことがありました。

すると、彼はきっぱりと「ぼくは辞めないよ」。

環境や仕事に慣れているから、今のところがいいのかなと思い、それからは聞いていません。仕事に行くのが嫌だということも一度も言ったことがないので、わが子ながらすごいなぁと感心しています。

昨年の契約更新で、定時は午前8時から午後5時に変更。働き方改革の一環で夜遅くまでの残業がなくなり、無理なく働いています。

この契約更新で初めて、翔太はパート社員なのだと知りました。

わが家では彼を含めて4人が外で働いていて、午後7〜8時に皆帰ってきます。

「ただいま。みんな帰ったかな？」

「お帰り。帰ってるよ」

彼が最後のときは、全員帰宅を確認して施錠することも忘れません。

夕食を終えると、洗いものです。どんなに仕事で疲れていてもお弁当箱は自分で洗います。洗うという約束なので。

小学校1年生から教えた「約束は守る」が、彼の身についています。

休日の過ごし方

仕事は週休2日制で、翔太の休みは木曜日と日曜日です。

休みの日は朝7時くらいに起きてきて、普段同様、バイタルチェック、踏み台昇降運動、朝食のルーティンをこなします。

それからは、温泉に行ったり、映画に行ったり、ゲームを買いに行ったり。友だちと遊んだり、一緒に出かけることはありません。ひとりで好きなところへ出かけます。

立ちっぱなしの仕事なので体がとても疲れるらしく、「ちょっと疲れがたまったから、温泉で癒してくるよ」と温泉には月2回ほど行っています。

温泉は家の近くにたくさんあるのですが、行きつけは子どもの頃から家族で行っていた大きな温泉。電動自転車で10分くらいのところです。

帰りにお昼ご飯を食べて帰ってくることもありますが、一時期、毎回毎回食べて帰ってきていたとき、夫から「そんなに外でばっかり食べてどうするんぞ」と言われたことが。

それ以来、「お母さん、今日のお昼ご飯は何ですか？」と聞いてくるようになり、メニューによって家で食べるか外で食べるかを決めるようになりました。

映画も好きでよく観に行っています。アニメ系が多いようです。

どこへ何をしに行くかは、前日から教えてくれることもあれば、当日に言うことも。何をするか自分で考え、予定を立てて行動しています。

基本的に世間話などをすることはなく、翔太との会話はこちらが何かを聞いたら、彼が答えるという感じなのですが、月に一度行く散髪だけは、「今度の木曜日、散髪に行こうと思うんだけど、どうかな？」と聞いてきます。

そして、散髪から帰ってきたときも「どうかな？」。「かっこよくなったね」と言うとニッコリ。

今でこそ、自発的に散髪に行く息子ですが、小さい頃は大変でした。

触覚が敏感だったので、とても床屋さんには行けません。3歳過ぎまでは彼が寝ているあいだにちょこちょこっと髪を切っていました。夜は明かりをつけた瞬間に起きてしまうので、お昼寝時間が散髪タイム。寝かせる前に布団の上にバスタオルを敷いておき、新聞紙をできるだけ頭の近くまで広げておいて、カットします。

ぐっすり眠っていても、散髪を始めるとすぐ起きてしまうので、急いでカット。全体を切るまでに3〜4日かかったので、1日目のカット後は外に連れて歩けないほどの虎刈り状態でした。

言葉を少し理解するようになった4歳過ぎから起きているときに散髪をすることに。散髪がどういうことなのかを説明し、2歳上の姉を散髪するところを見せました。場所は、髪の毛が散らばっても大丈夫な庭。姉の後に続いて彼を散髪すると、あまり抵抗することもなくできました。

小学校1年生のとき、知人に「知的障害者の施設で出張散髪をしていた床屋さんがあるよ」と教えてもらい、近くだったのでお願いしてみると、快く引き受けてくださいました。初めての場所と初めての人ということもあって、絶えず頭を動かしキョロキョロと周囲を見回している息子でしたが、さすがプロ！　彼がほんのちょっと動きを止めた隙にササッとカット。あっという間に完了しました。

4年生くらいまでは私が付き添っていましたが、高学年になると床屋さんと相談してひとりで行かせるように。

息子が高校生になった頃には、床屋さんの息子さんがお店を手伝うようになっていて、息子の担当になってくれました。

今では、その息子さんが開店した新店舗の常連客です。長年のつきあいなので、行って座ったらやってくれるという感じなのでしょう。


その床屋さんの横にお好み焼き屋さんがあって、そこも小さい頃から家族でよく行っていて仲良くしているので、散髪が終わったらよく行くみたいです。散髪よりもお好み焼きのほうが楽しみだったりして。しかも、行きつけの温泉とも近いから、ときには散髪、お好み焼き、温泉というフルコースを楽しむこともあるようです。

月に2回程度、日曜日にはスペシャルオリンピックスのバドミントンの練習にも行っています。道後のほうの体育館なので、帰りは、車で来ていた私に荷物を預けて遊びに行ったり、「ちょっと道後温泉行って帰るよ」ということもあります。

そういうときも仲間や友だちと一緒ではなく、単独行動。練習時にみんなと交流することはあっても、自由な時間はひとりで過ごしたいようです。

そして、月に1回、養護学校の卒業生対象の青年学級の行事にも参加。映画、ボウリング、カラオケ、1日旅行など学校と父兄のお世話で開催されています。翔太はこの青年学級に参加するのをとても楽しみにしています。

休日は毎回出かけるわけではなく、自宅で過ごすことも多く、コロナ禍のときはゲーム三昧でした。

家の手伝い当番も続いています。休日は風呂掃除と夕食後の食器洗い。木曜日には家族みんなの夕食も作ってくれます。

彼が食器を洗うと、ちゃんとお皿などを種類別に分類して、きちんとカゴに並べてあるから、一日で翔太がやったなとわかります。

わが家はみんな、ホコリでは死なないタイプのO型。翔太も大雑把なところが多いのですが、食器洗いは本当に見事なものです。

給料の管理や使い道

給料は銀行振込なので、給料日には給料明細をもらって帰ってきます。そして、「今日、給料日だったんだ」と明細を見せてくれます。

お金の使い方は小学生の頃から教えていました。

小遣い帳をつけさせたり、キャッシュカードの使い方を教えたり、料理当番の際に家計簿をつけさせたり。お金を使う楽しみも経験させていました。

なので、就職してからは給料の管理は彼に任せることに。

きつい仕事を頑張った報酬としてもらう給料。使う楽しみがないと働く気力もわかないと思うからです。

携帯代やピアノの月謝、家に入れる食費も自分の給料から支払っていました。

働き始めて2年ほど経った頃、「貯金もたまったでしょ」と言うと、え？　という顔をしています。

通帳を見せてもらうと、なんと、給料を毎月使いきっていることが判明。20歳になるまでは残業も少なかったので給料も少なかったのですが、それでも彼が小遣いとして使いきるには大金でした。

そこで、給料の使い方を補助することにしました。給料明細を見て、何にどれだけ使うかを私が書き出して渡すようにしたのです。

現在の彼の給料の使い道を大まかに分けると、小遣い、食費、携帯代です（ピアノは先生の都合で教室がなくなったので）。

残りが貯金ですが、彼だけに任せず、彼と親の共同管理にしています。

残業が多くて頑張った月には、お小遣いが少しだけアップ。その金額を決めてメモ書きにして彼へ渡します。昨年末からは翔太が自分で金額を決めることに。メモ書きにして「どうかな？」と見せてくれます。

小遣いの使い道はゲーム機やゲームソフト、攻略本、漫画、お菓子など。

自分用の買い物や休日の娯楽、誕生日など家族へのプレゼント、遠出をした際のお上産など、いろいろなことに使っています。

テレビや電動自転車など金額が大きいものは、少しずつためた貯金で買います。ゲーム機も数万円するので大きな買い物になるのですが、小遣いで買う約束なので小遣いをためて買っています。

給料を使いきっていたときは、多分、ゲーム機やゲームソフトを買い放題だったのでしょう。


母の日や父の日には、毎年必ずプレゼントをくれます。私には花だったり、ちょっとした飾り物だったり。顔にローラーをあててコロコロする美顔器をくれたことも！ 必要だと思ったのかな（笑）。

数年前の父の日、夫に文庫本（池井戸潤の『銀翼のイカロス』）をプレゼントしていたのにはビックリしました。夫が本を読んでいるところを見たことはないと思うのですが、推理もののドラマなどは時々テレビで見ているので、父親の好みに合うと思ったのかもしれません。

彼のそういう観察力には驚かされます。

伝統工芸士に竹工芸を学ぶ

養護学校高等部の美術部顧問I先生は「翔太には夢がある仕事をさせてやりたい」と常に言われていました。

今の会社に就職が決まったときも「お母さん、翔太をあんなしんどいとこに本当に就職さすんですか。もっと夢のある仕事は見つけられんのですか？」と何回も言われたほど。

だからといって、絵で食べていけるほど現実が甘くないことはI先生もわかっていらっしゃいました。翔太を指導者につけて、アトリエを用意して、というお金のかかるバックアップも私たちにはできません。

でも、I先生は諦めきれなかったのでしょう。

竹工芸部門で愛媛の伝統工芸士である方との縁をつないでくださったのです。

「もう弟子はとらない」「自閉症の人との接点もない」と言われていたそうですが、

教えられるかどうか、まず会ってみようということになり、作業場に伺うことに。

作品を見せていただいた後、「ちょっと小刀使ってみて」と、翔太に竹と小刀を渡して削るようにおっしゃいます。

「道具は使えそうやな。やってみるか」と受け入れていただき、仕事が休みの木曜日と日曜日の週2回、午後1時から5時まで通わせていただくことになりました。

I先生は「仕事をしながらじゃ無理じゃないか？　いっそのこと竹工芸に絞ったらどうですか」と言われたのですが、外の社会で常勤できる仕事は彼にとって必要だと思っていたので、どこまでやれるか両立してやってみることに。


師匠のもとへは彼ひとりで通いましたが、週2回の修業ではものにならないので、仕事を終えて帰宅してから夜1～2時間は家で毎日練習することを続けました。

家庭練習で間違ったことを身につけてはいけないので、夫も師匠に教わり、息子と一緒に竹工芸の修業を始めました。


息子が師匠から伝承していただいたのは、竹工芸の虫です。

「まずはカブトムシを50匹作れ」と、毎日毎日飽きることなくカブトムシを作っていました。

習い始めて3カ月後、商品化してもよいと許可をいただき、イベント会場などで実演販売などをさせていただけるまでになりました（11ページ参照）。

竹工芸の虫は竹籠などと違って単価が安いので、お弟子さんたちのなかにも受け継ごうという方がいらっしゃらなかったようで、「虫は翔太に全部伝承してやる」と言ってもらえるように。

残業で疲れて帰ってきても、夕食が終わると「仕事しとくよ」と言って、ひとり黙々と竹工芸に取り組む翔太。彼が作った虫数点を持参して養護学校の美術部に伺うと、「仕事と両立は無理だと思ったんですが、やるもんですね、翔太は！」とI先生が喜んでくださったのは言うまでもありません。

そうやって1年ほど竹工芸に取り組んでいましたが、いろいろな事情から師匠が引っ越され、連絡がとれない状態になり、修業はいつしか自然消滅。

翔太はやらなくなりましたが、もともと好きだった夫はしばらく続けていました。

スマホであわやワンクリック詐欺に⁉

翔太に携帯電話を持たせたのは、中学3年の頃でした。ひとりで電車を使って遠出の外出訓練をするときに心配だったので、連絡を取り合うようにしたのです。目的地に着くと「着いたよ」、帰ってくるときには「帰るよ」。この習慣は今でも続いていて、休日に外出したときも、仕事の日も「帰るよ」の電話は必ずしてきます。

最初に持たせたガラケーはチャイルドロックをかけていました。10年ほど前にスマホに替え、ゲームをしたり、ＹｏｕＴｕｂｅを見たり、家族との連絡だけでなく楽しみにも使っています。

インターネットに接続して使うようになると詐欺などの心配もありましたが、成人した大人だし、干渉しすぎるのもどうかな、と彼に任せていました。

が、5年くらい前の休日。自室で過ごしていた彼が「どうしよう」と血相を変えて私のところに来たことがありました。

「27万円払わないといけないんだ」とスマホを持ってうろたえています。

何度も何度も聞き直して、スマホでネット接続してあれこれ見ているうちに、クリックしたら動画視聴料として27万円支払いという画面になったのだそうです。

動画を見たのか尋ねると、見ていないと言うので、ワンクリック詐欺だったのだろうと思いますが、高額請求に驚いた彼は、そこに書かれた電話番号にかけてしまったのでした。相手にどう言われたのかは不明ですが、多分、払えと言われたのでしょう。

とりあえず警察に相談すると、動画を見ていないのなら放置しても構わないとのことでした。ただし、電話をかけてしまったので、相手に番号を知られたからには請求の電話がかかってくるだろうとのこと。

支払いには応じないことにして、その日のうちに電話番号を変えました。

幸い、その後は請求もなく事なきを得たのですが、しばらく彼はスマホの請求書が来るたびに確認していました。

27万円請求にはかなり驚いたようで、その後は気をつけるようになったようです。

わが家はサザエさん一家

現在、わが家は、私たち夫婦、長女夫婦とその娘、大阪から戻ってきた次女、そして翔太の7人家族。

長女の子どもが娘なので、男の子のタラちゃんとは違いますが、あとはサザエさん一家とほとんど同じです。

翔太にとっての姪っ子が生まれたときは、可愛いから触りたい、でもなんか怖くて触れない、という感じでした。長女も弟のそんな様子には嬉しかったようですが、さすがに抱っこはさせていませんでした。

でも、姪っ子が赤ちゃんだった頃は泣いても嫌がったりせず、大きくなると一緒に散歩に行ったり。長女が発熱で寝込んでいるときは「翔太さんと遊ぶ！」と姪っ子に部屋に突入されて恐竜のフィギュアで遊びにつきあわされたことも。

今は小学生になったので、小さい頃のように遊ぶ機会は少なくなりましたが、姪っ子が泣いていたりすると、何かあった？　どうした？　と心配して声かけする優しい叔父さんです。

翔太叔父さんは料理当番のとき、姪っ子の反応にドキドキしているようです。ふわとろ卵のオムライスを作ったときは、「思ったのと違う」と最初、手をつけなかった姪っ子に不安そう。

姪っ子は薄焼き卵でくるんであるオムライスを想像していたようです。でも、ケチャップをかけると「食べよっ」とパクリ。

その様子を見て、ホッとする叔父さん。彼があっという間に食べ終わると、姪っ子は「早っ」と驚きながらも、

「翔太さん、お仕事お疲れさま」と感謝の言葉は忘れません。

叔父さんも満足らしく「どうも」とニッコリ。

子どもだけに正直で率直な物言いをする姪っ子に、叔父さんは時として翻弄されながらも、姪っ子と対等にいい関係を築いていています。

家族とともに、可能な限り自由に生きる

社会人になってからもトラブルがまったくなかったわけではありません。

20代後半頃までは、職場の同僚ともめて事務所かどこかの壁を壊してしまったり、バドミントンの練習試合で負けると八つ当たりして怒鳴ったりすることもありましたが、手がつけられないほどのことはなく、彼自身も後で反省していました。

30代になってからは、たまに不機嫌なことはありますが、癇癪を起こすことはありません。

彼は自分に障害があるとは思っていません。

どうやら彼は障害者というと身体障害者のことだと思っているようで、自分に知的障害があるとは思っていないのです。

養護学校時代も、その学校が障害のある子が来る学校だということをわかっていな

かったと思います。中学校に入ったときにも、自分と違う子が多いなという違和感もなかったようです。

他人に興味がないというわけでもなさそうですが、人と関わるのが苦手なせいか、自分が周りの人と違うということを意識したことはないのだと思います。

それをわざわざ説明して納得させる必要があると思えないし、彼に自閉症ということを理解させることは難しいと思うので、あえて言わないまま現在に至っています。

20歳のときから障害者年金はもらっていますし、知的障害者に交付される療育手帳も障害者割引があるので、交通機関や映画館などでは水戸黄門の印籠のように使っているのですが（笑）。

振り返ると、節目ごとに彼を助け成長させてくださる方々に恵まれ、支援していただいてきました。皆さんに「いいご縁に恵まれたね」と言われますが、それも彼自身が引き寄せてきたものだろうという気がします。

私たち親も年老いていき、今後に残された問題もありますが、翔太も家族ひとりひとりも、可能な限り自由に生きていきたいと思う気持ちに変わりはありません。

おわりに

トモニ療育センターに通い始めたのは、息子が小学1年生のとき。それまでの私は「私が育てる」と覚悟したはずなのに、息子を指導してくれる人を探していました。

そんな私に河島淳子先生の「育て方は教えます。やるのはあなたです」という言葉が刺さりました。私が変わらなければ息子を育てられないと痛感したのです。

理解しづらい息子の子育ては、うまくいかなかったことのほうが多く、そんなとき私はいつも、河島先生が笑顔でおっしゃった言葉を思い出していました。

「問題発生は赤飯を炊いてお祝いしなさい」「苦手で嫌いなことも熟練して得意になれば好きになります」「意地悪母さんになりなさい」「子育てを楽しみなさい」。

うまくいかずに落ち込むこともありましたが、「この問題を乗り越えたらひとつ成長できる」と、前向きに考え直せるようになっていきました。

「なんでこんなことがわからないの！」と思ったこともあります。

すると、河島先生から「何回やったの？ 10回？ 100回？ 1000回？ 1

０００回？　わからないから教えているんでしょ！」と指摘され、「あぁ、そうだった」と気づかされる私。そのうち、どうすれば息子に伝わり、理解させることができるのかを工夫することが面白くなり、「おっ、そうくるか！」と笑ったり、感心したりしながら子育てを楽しめるようになっていきました。

そして、つまずくたびにいつも、河島先生の言葉が聞こえてきました。

一冊の本がきっかけで出会えた河島先生。まさか私に、子育ての本を出版し、河島先生に監修していただく未来が待っているなんて、夢にも思いませんでした。

まだまだ教えていただきたいことがあったのに、監修を終えて間もなく、先生は急逝されました。完成した本を手に取っていただけなかったことが残念でなりません。

心からの感謝を込めて――河島先生の愛に満ちた子育ての教えを、本書を通して少しでもお伝えできればと思います。

振り返ると、特別な子育てをしたという感覚はなく、普通の子育てを丁寧に行っただけだったと感じています。息子の子育てを通じて、本当に育てられたのは私のほうでした。私が変わることができたからこそ、息子も変わっていけたのだと思っています。翔太、ありがとう！

著者：翔《しょう》ちゃんねる-Fuco《ふこ》ママ（渡部房子《わたなべふさこ》）

自閉症の息子をもつママ。息子は1988年6月15日生まれ、療育手帳B、知的障害を伴う自閉症の青年（2025年に37歳）。5歳の時に自閉症と診断される。6歳上の姉と2歳上の姉がいて、息子は末っ子長男。言葉の理解は教えても教えても限界があったが、好ましく成長してくれて、地元の一般企業にパート社員（障がい者枠）として就職して18年目（2025年2月現在）になります。

・YouTube　@fucomama

監修：河島淳子《かわしまじゅんこ》（トモニ療育《りょういく》センター）

岡山県笠岡市生まれ。1966年岡山大学医学部卒業、小児科医師、高知県立中央病院 小児科勤務後、第三子自閉症のため、家庭療育に専念する。自閉症児の母親たちと「わかば会」を結成、わかば共同福祉作業所を設立し、顧問に就任。1997年、法人化されたわかば共同作業所の理事長に就任。1994年には、自閉症スペクトラム児とその家族の支援を目的としてトモニ療育センターを開設。

自閉症《じへいしょう》の息子《むすこ》が自立《じりつ》して生きる道《みち》

2025年 4月17日　初版発行

著者／翔《しょう》ちゃんねる-Fuco《ふこ》ママ（渡部房子《わたなべふさこ》）

監修／河島 淳子《かわしまじゅんこ》（トモニ療育《りょういく》センター）

発行者／山下 直久

発行／株式会社KADOKAWA
〒102-8177　東京都千代田区富士見2-13-3
電話　0570-002-301（ナビダイヤル）

印刷所／TOPPANクロレ株式会社

製本所／TOPPANクロレ株式会社

●お問い合わせ
https://www.kadokawa.co.jp/（「お問い合わせ」へお進みください）
※内容によっては、お答えできない場合があります。
※サポートは日本国内のみとさせていただきます。
※Japanese text only

定価はカバーに表示してあります。

ISBN978-4-04-607401-0　C0095